Jan Rolfsmeier

AMRUMER FAMILIEN-ERBE

Ein Küsten-Krimi:
Hark Petersens zweiter Fall

Copyright © 2018 Jörg Rüdiger (alias Jan Rolfsmeier)
Titelgestaltung: JR-Team . Titelfoto: AdobeStock crimson

Verlag und Druck: tredition GmbH
Halenreie 42, 22359 Hamburg
https://tredition.de

ISBN: 978-3-7469-3592-8

Jan Rolfsmeier
AMRUMER FAMILIEN-ERBE

Der Autor von „Amrumer Familien-Erbe" ist Journalist.
Seine redaktionelle Laufbahn begann er als Volontär und
Redakteur bei der Dithmarscher Landeszeitung in Heide. Er
leitete als Chefredakteur Fachzeitschriften im Lebensmittel-
sektor und arbeitete als freier Journalist sowie als Autor von
Studien für die Welternährungsorganisation. Zuletzt gründete
und leitete er eine erfolgreiche Fachzeitschrift für die Lebens-
mittelindustrie. Als begeisterter Nord- und Ostseeurlauber
schreibt er regionale Krimis mit Küstenflair. „Jan Rolfsmeier"
ist ein Pseudonym.

Reine Fiktion: Alle Personen und Handlungen in diesem
Roman sind frei erfunden. Eventuelle Ähnlichkeiten mit real
existierenden Personen wären rein zufällig und vollkommen
unbeabsichtigt. Die Schauplätze existieren so oder ähnlich,
haben jedoch in der Realität keinerlei Bezug zu den Personen
oder Handlungen im Roman. Bei Gaststätten (mit Ausnahme
des völlig frei erfundenen „Anker") gibt es zum Teil Anleh-
nungen an real existierende Lokale. Ihre Namen wurden
jedoch verändert, um zusätzlich hervorzuheben, dass Hand-
lung und Personen auch bei ihnen frei erfunden sind.

1

„Wotan! Wotan, hier bin ich! Wotan, komm zu Papi!"

Die Zärtlichkeit in der Stimme des hageren, braungebrannten Mannes zwischen 40 und 50 legte für Peer nahe, dass hier ein Hund gerufen wurde und nicht etwa ein Kind. Er drückte seine Zigarette in die kleine Öffnung des riesigen Aschenbechers, den er in bequemer Höhe an die Wand seines Fahrradverleihs in Nebel geschraubt hatte. Langsam und bedauernd, sich nun unweigerlich davon trennen zu müssen, ließ er dabei die letzte Rauchwolke aus den tiefen Winkeln seiner Lunge entweichen. Ein kleines Hüsteln, dann füllten sich die Lungenflügel mit klarer, frischer Seeluft.

Ein kräftiger Südwestwind wehte sie über den Amrumer Strand, die Dünen und den Wald heran in die Straßen seines malerischen Heimatortes an der Ostseite der Ferieninsel. Der Wind trieb große, weiße Wolken über den ansonsten leuchtend blauen Himmel. Die Sonne strahlte auf die sorgsam aufgereihten Fahrräder und wurde vom glänzenden Chrom warm in sein Gesicht reflektiert. Es war ein herrlicher, fast durchgehend sonniger Tag gewesen, trotz der frischen Brise noch sehr warm. Zumindest für einen 10. September.

18 Fahrräder hatte er heute verleihen können, 14 waren zurückgekommen und warteten darauf, geputzt und geschmiert zu werden. Morgen früh! Da könnte Gunnar dann auch mal wieder mit anpacken. Sein Bruder hatte sich den ganzen Nachmittag nicht blicken lassen. Fauler Kerl! „Nur ne Stunde", hatte er gesagt. Clara hatte ihn gegen Mittag angerufen. „Irgendwas mit ihrem Fahrrad." Wusch, schon war er weg.

Ihre „Halb"-Cousine (bezeichnete man die uneheliche Tochter seines Onkels eigentlich so?, fragte sich Peer) war nach dem gewaltsamen Tod ihrer Halbbrüder und dem damit verbundenen erheblichen Erbe nun wieder öfter auf der Insel. Und Gunnar scharwenzelte bei jeder Gelegenheit um sie herum. Nicht, dass er sich davon Besonderes versprochen hätte. Clara war deutlich jünger, extrem attraktiv und auch aus dessen eigener Sicht mindestens fünf Schuhnummern zu groß für den schwabbeligen, fahlen Vierzigjährigen, der bei Frauen zeitlebens ebenso wenig angekommen war wie Peer selbst. Außerdem war sie ihre Cousine, zumindest halb. Obendrein, wie es hieß, eher an Frauen als an Männern interessiert. Wenn sie überhaupt mal mit jemandem unterwegs war.

Aber immerhin, sie redete freundlich mit ihm und Gunnar, suchte sogar regelmäßig den Kontakt und trank öfter mal ein Bier mit ihnen. So viel Nähe hatte es für die Brüder sonst schon seit Jahren mit keiner Frau mehr gegeben. Zumindest nicht unbezahlt.

„Wotan! Wotan hierher!" Herrchens Stimme klang immer noch zärtlich, inzwischen aber doch schon leicht ungeduldig und einen Hauch genervt.

Mit mäßigem Interesse blickte sich Peer Olufsen nach dem Gerufenen um. Wotan? Hieß so nicht eine recht kriegerische Göttergestalt aus dem Ring der Nibelungen? Peers Augen suchten nach etwas Großem. Einem Irischen Wolfshund, einem Rottweiler, vielleicht einem Neufundländer. Tatsächlich aber war es ein winziger Langhaar-Chihuahua, der da gerade, die Nase tief am Boden, zwischen zwei seiner Fahrräder herumschnüffelte, völlig ungerührt von Herrchens Rufen. „Alberich, Gimli oder Pumuckl würde eher zu diesem Zwerg passen", dachte Peer und grinste.

„Wotan! Komm her mein Kleiner!"

Der Winzling hob nun endlich doch den Kopf, spitzte die Ohren, zog mit zitternder Nase die Witterung ein. Dann hob er unvermittelt das Bein, entließ einige grünlichgelbe Urinspritzer gegen die Felge des nächststehenden, sorgsam geputzten Rades und trottete nach kurzem, offenkundig zufriedenstellendem Beschnüffeln seines Werkes los.

„Nicht zu fassen!", grummelte Peer, dem schlagartig das Grinsen vergangen war.

Grundsätzlich neigte er zwar zu Gleichmut, aber mit allem, was Arbeit machte, war er denn doch aus der Ruhe zu bringen. „He! Sie! Lassen Sie Ihren Hund gefälligst nicht an fremder Leute Räder pinkeln!", rief er dem Herrchen zu.

Ein kurzer, müder Blick aus vollkommen gleichgültigen Augen war die einzige Reaktion, die Peer darauf bekam. Dann wandte sich der hagere Hundebesitzer mit strahlendem Lächeln und einem „Da ist ja mein Kleiner" dem frevelhaften Pinkler zu und setzte ihn in den liebevoll mit Decken ausgepolsterten Fahrradanhänger zu Miniknochen und Kuscheltier.

„Auch noch sein eigenes Rad mit auf die Insel gebracht", grummelte Peer weiter und stellte sich vor, zum Fahrradanhänger hinzugehen, die Hose zu öffnen und demonstrativ gegen den Reifen des mit dunkelviolettem Tuch ummantelten Gefährts zu pinkeln.

Der Anflug eines Lächelns erhellte sein Gesicht bei der Vorstellung, wie das hagere Herrchen daraufhin wütend aus seiner knallig orangen Regenjacke fahren würde. Dann aber zuckte Peer mit den Achseln, vergaß Hund und Herrchen schlagartig, drehte sich um und fing an, die Postkartenständer in den Laden zu rollen und die Fahrräder draußen mit einer langen Kette aneinanderzuschließen. 19 Uhr. Feierabend! Von Gunnar immer noch weit und breit keine Spur. Musste er die ganze Arbeit wohl alleine machen.

2

Eine Viertelstunde später schloss Peer die Ladentür ab, rüttelte noch einmal testweise daran. Er setzte sich auf eines der noch ungeputzten, heute zurückgebrachten Räder, das er dafür zuvor beiseite gestellt hatte, und machte sich auf den kurzen Weg nach Hause.

Bewegung oder gar Sport waren nicht sein Ding. Nie gewesen! Daher fuhr er extrem gemächlich im zweiten Gang den Smäswai hinauf in Richtung Westerheide. Bei der Landstraße nach Norddorf angekommen, ging sein Atem trotz des mäßigen Tempos schon schwer.

„Du solltest weniger rauchen", sagte er sich angesichts dieses nach gerade mal 200 Metern nicht zu übersehenden Konditionsmangels. Aber es war nur ein rein mechanisch auftauchender Gedanke. Er kannte sich gut genug dafür, ihm keine weitere Aufmerksamkeit zu schenken oder gar eine Umsetzung anzustreben. 30 Jahre Raucherfahrung sagten ihm, dass jeder Schritt in diese Richtung sinnlos wäre.

Das Überqueren der Landstraße machte ihn immer etwas nervös, weil der Verkehr hier für Amrumer Verhältnisse doch deutlich schneller war. Außerdem musste er aus dem Stand heraus beschleunigen – und jetzt auch noch gegen den Wind und gegen eine leichte Steigung.

Er schaltete in den ersten Gang, ließ den von links kommenden Linienbus vorbeirauschen und trat direkt danach mit tief gesenktem Kopf so stark er konnte in die Pedale. Mit kreischenden Reifen kam der von rechts heranrasende dunkle Audi gerade noch rechtzeitig zum Stehen. Fast hätte er Peer erwischt. Mist, den hatte er im Sichtschatten des Busses offenkundig übersehen. Der Idiot muss gerast sein wie ein Irrer.

Peer schwenkte den Arm in einer Mischung aus Entschuldigung und Drohung zum Fahrer hin, der seine Antwort darauf lautstark und überhaupt nicht zweideutig hupte. Mit kreischenden Reifen beschleunigte der Audi im Bogen um das Rad herum und setzte seine Fahrt fort. Peer schaute auf das Nummernschild. NF. „Natürlich ein Einheimischer", dachte er bei sich. Die Feriengäste fuhren hier auf Amrum erlebbar langsamer als die Insulaner.

Auch Peer setzte nun schnaufend und mit wackeligem Start seinen Weg fort: die letzten Meter rüber zur anderen Straßenseite, dort ein kurzes Stück nach links die Landstraße entlang und anschließend nach rechts in den ungepflasterten Katterhugh. Dessen zahlreiche tiefe Schlaglöcher hatten sich durch die Regengüsse der letzten Tage bis zum Rand und darüber hinaus mit Wasser gefüllt. Über den Pfützen tanzten Mücken im Licht der schon tiefer stehenden Frühabendsonne.

Der intensive Geruch des Waldes stieg Peer in die Nase. Er liebte es, in Westerheide zu wohnen, umgeben vom Rauschen der Bäume und ihrem herrlichen Duft. Dass er sich hier mal ein Haus würde leisten können, das hatte er nie gedacht.

Zusammen mit Gunnar hatte er bis vor kurzem ein winziges, schmuckloses und arg heruntergekommenes Häuschen am Strunwai bewohnt. Immerhin ihr Eigentum! Aber mehr als das warf der Fahrradverleih nicht ab. Dann war ihr großer Bruder im Frühling vor einem Jahr gestorben, ein fieser Immobilienhai, dem hier auf der Insel Dutzende Häuser und Wohnungen gehört hatten. Nur einen Bruchteil davon hatten sie und ihre Schwester Christine für die Erbschaftssteuer verkaufen müssen.

Trotz des neuen Reichtums und der vielen Häuser hatten Peer und Gunnar beschlossen, weiter Fahrräder zu verleihen und weiterhin zusammenzuleben. Sie suchten sich aus ihrem neuen Besitz ein wunderschönes Anwesen ganz am Ende des Tanenwai in Richtung Norddorf aus, das an drei Seiten von Bäumen eingerahmt wurde.

Keiner von ihnen wollte alleine wohnen. Natürlich war beiden klar, dass sich das sofort ändern würde, sobald sich eine Frau des Werbens von einem von ihnen erbarmte. Aber dass das einmal passieren würde, erwarteten sie kaum noch. Auch der schwarze Maserati vor der Tür und der ebenfalls geerbte Range Rover hatten ihre Chancen nicht erhöht. Sie hatten einfach keinen Schlag bei Frauen, dachte Peer bedauernd, während er im Slalom um die tiefen Pfützen des Tanenwai herum in Richtung Zuhause steuerte.

3

Der Maserati stand wie immer vor der Tür. Peer bewegte ihn selten. Höchstens bei richtigem Schietwetter fuhr er damit mal zur Arbeit. Oder nahm ihn am Samstagabend mit zur nahe gelegenen Disco, um Eindruck zu schinden. Die Hoffnung stirbt zuletzt! Er holte ihn dann meist irgendwann später, nach dem Ausnüchtern, dort wieder ab.

Der Range Rover war nicht da. Gunnar war offenkundig noch unterwegs. Jetzt vor Anstrengung schon ordentlich schnaufend, schob Peer sein Fahrrad auf das Grundstück mit seinem schon länger nicht mehr gemähten Gras- und Wildblumenbewuchs und lehnte es an eine der Kiefern im Vorgarten.

Die Haustür war nur angelehnt. Komisch: War Gunnar doch schon zurück? Vielleicht hatte er den Wagen ja in die Garage gefahren. Oder ihn irgendwo auf der Insel stehen lassen, weil er etwas getrunken hatte.

Leicht verärgert, weil er den gesamten Nachmittag allein im Fahrradverleih hatte arbeiten müssen und Gunnar es nicht einmal für nötig befunden hatte, ihm eine Nachricht zu schicken, betrat er das Haus.

„He Gunnar, hast du wenigstens schon das Essen fertig, du fauler Mistkerl", rief er ins Haus hinein.

Keine Antwort, kein Geräusch. Peer wurde es etwas mulmig im Bauch. Einbrecher? Quatsch, doch nicht auf Amrum! Trotzdem ging er vorsichtshalber noch mal zur Haustür zurück. Nein, alles gut! Aufgebrochen war sie nicht. Und war da nicht eben doch ein Geräusch? Aus dem Wohnzimmer? Peer schlurfte ohne Eile zurück ins Haus.

„Eh, Gunnar, alter Penner, bist du besoffen oder was?", rief er. Das mulmige Gefühl hatte sich verzogen und wieder der leichten Verärgerung über den Bruder Platz gemacht. Wie kam der überhaupt dazu, ihn wortlos allein mit der Arbeit hängen zu lassen?

Peer durchquerte die Diele, die, wie das übrige Haus, immer noch genauso eingerichtet war wie bei ihrem Einzug vor gut einem Jahr. Ja, eindeutig! Gunnar musste im Wohnzimmer sein. Gerade eben waren von dort Geräusche zu hören. Schnaufend trat Peer durch die Tür und setzte zum Schimpfen an.

Der Schlag kam so schnell und aus dem Nichts, dass er weder einen Schrei ausstoßen noch die Arme zur Abwehr heben konnte. Die Axt traf seinen Schädel mit einem wuchtigen Hieb, der den Knochen spaltete. Peer Olufsen war tot, noch bevor sein Körper auf dem Boden aufschlug.

4

Hark Petersen genoss den angenehm warmen Spätsommerabend am Hafen von Husum. Zusammen mit Staatsanwalt Redlef Maier hatte es sich der Kriminalhauptkommissar an einem der gut besetzten Tische vor einer der Hafenkneipen gemütlich gemacht.

Jeder von ihnen hatte ein frisch gezapftes Bier vor sich stehen und eine kleine Portion „Friesische Tapas". Neuartige Snacks wie diese fantasievollen Matjes-Varianten verdrängten auch hier, in den Kneipen fernab der großen Metropolen, mehr und mehr die traditionellen Angebote wie Frikadellen, Mettbrötchen oder Rollmöpse.

Die Sonne glitzerte auf dem nur leicht gekräuselten Wasser des Hafenbeckens, in dem Fischerboote, Ausflugsschiffe und Freizeitkähne sanft hin und her schaukelten. Es war Hochwasser, und die Boote standen mit ihrer Reling auf Höhe der Kaimauer. Bei Ebbe würden sie ein gutes Stück tiefer und zum Teil direkt auf dem Schlick des Hafenbodens liegen.

Petersen hatte bis vor einer halben Stunde gearbeitet und sich nur kurz in seinem Loft auf der anderen Seite des Hafenbeckens frisch gemacht, bevor er hierher zu seiner Verabredung mit Redlef Maier kam.

„Upps", dachte der Kommissar, „jetzt bezeichne ich meine Wohnung wohl auch schon als Loft."

Den Begriff hatte sein junger Assistent Leif Hansen aufgebracht, als der Kriminalmeister ihn zum ersten Mal in seinem Domizil im obersten Stockwerk eines alten Fabrikgebäudes abgeholt hatte. Mit aufrichtiger Bewunderung und vielleicht auch einem Anflug von Neid hatte er das minimalistisch eingerichtete Wohnzimmer mit dem breiten Sofa gegenüber der noch breiteren Fensterfront betrachtet. Durch diese Kassettenfenster genoss Petersen, wann immer er Zeit dafür fand, einen grandiosen Blick über die Stadt, den Hafen, die Deiche und die Wiesen und, bei gutem Wetter, sogar bis hin zum Meer. Nach diesem Kurzbesuch nannte Leif die Wohnung bei jeder Gelegenheit nur noch „Das Loft vom Chef". Dabei fehlte zu dem, was Petersen selbst „Loft" genannt hätte, hier sowohl die Größe als auch das aufgesetzt kahle Fabrikambiente.

Er wohnte hier schon fast viereinhalb Jahre. Damals hatte er gerade seine Stelle als Leiter der Mordkommission in Theodor Storms „Grauer Stadt am Meer" angetreten und sofort das Glück, diese gar nicht so teure Wohnung zu finden. Für ihn allein war's perfekt, und auch wenn Freddy, seine Frau, oder eines der Kinder zu Besuch kam, reichte der Platz. Freddy war damals und bis heute im gemeinsamen Haus in Kiel geblieben. Ihre Arztpraxis lag unverrückbar in Schleswig-Holsteins Landeshauptstadt.

Die Fernbeziehung tat ihrer Liebe keinen Abbruch. Im Gegenteil: Im Alltag konnte jeder von ihnen völlig frei seiner Arbeit und Entspannung nachgehen. Und wenn sie dann hier oder in Kiel zusammenkamen oder gemeinsam in den Urlaub fuhren, war es immer gut.

Redlef Maier saß bereits vor der Kneipe, als Petersen dort ankam. „Erst seit ein paar Minuten", wie er versicherte.

Während der Kriminalkommissar mit Jeans, T-Shirt und einem Jackett für später, wenn es kühler werden würde, wie immer den legeren Freizeitdress gewählt hatte, wirkte der inzwischen zum Oberstaatsanwalt beförderte Freund in seinem leichten, hellen Sommeranzug höchst elegant. Auch das „wie immer". Selbst die Krawatte war tadellos gebunden.

Dennoch wurde der schlanke und trotz seiner 45 Lebensjahre noch jugendlich wirkende Staatsdiener auch hier, zwischen all den Kneipengängern, nicht als Fremdkörper wahrgenommen. Irgendwie passte sein Kleidungsstil so perfekt zu ihm, dass er damit selbst bei Jazzkonzerten in verrauchten Clubs keine besondere Aufmerksamkeit erregte.

Trotz der äußerlichen Unterschiede hatten die beiden Männer sich sofort angefreundet, als sie damals, fast zeitgleich, ihren Dienst hier an Schleswig-Holsteins Westküste angetreten hatten. Oft kam der Staatsanwalt von Flensburg nach Husum herüber, um beim gemeinsamen Abendessen über einen gerade abgeschlossenen Fall zu fachsimpeln. Oft fuhr auch Petersen dafür nach Flensburg.

Heute Abend aber gab es keine Mordfälle zu besprechen. Seit vielen Wochen war nichts Neues mehr bei ihm auf dem Tisch gelandet.

„Zum Glück", wie der Kommissar aufrichtig empfand. Er liebte seinen Job. Aber je weniger man ihn brauchte, desto weniger Leid war entstanden. Außerdem hatten er und sein Team nun auch mal Zeit, alte, nicht abgeschlossene Fälle aus dem Aktenschrank hervorzuziehen, „Cold Cases". Neuartige Techniken der DNA-Analyse, neue Computertechnik und die noch hakelige, aber doch zunehmende Vernetzung innerhalb der bundesdeutschen Behörden konnten bei manch einem dieser Fälle durchaus andere Möglichkeiten des Herangehens eröffnen. Spektakuläre Ergebnisse waren dabei allerdings in jüngster Zeit nicht erzielt worden.

So hatten die Freunde ausreichend Gelegenheit, den Abend mit Gesprächen über Gott und die Welt zu verbringen. Vor allem redeten sie über die Gesangskünste von Petersens Assistentin Elke Finkenbein, die unter dem Künstlernamen „Ella" nebenberuflich als Jazzsängerin brillierte. Sie waren beide riesige Fans der voluminösen Mittfünfzigerin mit der rauchigen Stimme und ließen sich nach Möglichkeit keines ihrer leider nicht ganz so häufigen Konzerte entgehen.

Fisch und Meeresfrüchte waren ein weiteres Lieblingsthema der beiden Männer. Nach Tapas und Bier wollten sie ihr Treffen denn auch noch ins Fischrestaurant verlegen, wo sie für 20 Uhr einen Platz am Fenster reserviert hatten. Sie liebten es beide, gerade beim Fischessen, gelegentlich mal aufs Wasser zu schauen. Kutter waren da genau der richtige Anblick, auch wenn sie mit dem Lachs aus norwegischen Farmen, den Hark später wohl auf dem Teller haben würde, überhaupt nichts zu tun hatten. Auch nicht mit der Dorade aus Netzgehegen im Mittelmeer, deren Filet Redlef von der Gräte aß. Hier in Husum waren Krabben und Plattfische der Haupterwerbszweig der Kutterfischer.

Nachdem das Bier geleert und die letzten Tapas verspeist waren, schlenderten die Beamten gemütlich plaudernd durch Trauben gut gelaunter Touristen und Einheimischer, die den milden Spätsommerabend genossen, zum Restaurant hinüber. Die Wirtin erwartete sie bereits mit strahlendem Lächeln. Sie nahm dem Staatsanwalt den Trenchcoat ab und hängte ihn in das Schränkchen am Eingang. Von Petersen wusste sie, dass er sein Sakko grundsätzlich über den Stuhl hängte – oder es anbehielt, falls er gerade eine Waffe trug. Die hatte er heute aber nicht dabei. Er hatte den Abend ja frei.

Wie sie es sich schon beim Bier vorgestellt hatten, bestellte Hark den Lachs und Redlef die Dorade, beides serviert mit einer heißen Gusseisenpfanne voller Rosmarinkartoffeln und einem Wildkräutersalat für jeden. Zu ihrer Freude stellten sie fest, dass die Wirtin zusätzlich ein paar Nordseekrabben über ihren Salat gestreut hatte. Genau, wie sie es mochten! Der trockene Blanc de Blanc und die große Flasche Wasser kamen, ohne extra bestellt werden zu müssen. Stammgäste zu sein und auch als solche behandelt zu werden, bereitete ihnen ein behagliches Gefühl. Was störte es da, dass ihre kulinarischen Gewohnheiten und Vorlieben damit vom Datenschutz her gesehen wohl wie ein offenes Buch vor den Gastronomen lagen!

„Schön, dass jetzt wieder mehr Krabben gefangen werden", freute sich Hark.

In den beiden vergangenen Jahren hatten sich, wie es hieß, hungrige Schwärme junger Wittlinge über die Nordseegarnelen hergemacht, so dass die Fischer kaum noch etwas fingen. Seit dem letzten Winter war die Lage aber schon wieder entspannter. Sehr zur Freude aller Krabbenfans, die zeitweise bis zu zehn Euro für ein Krabbenbrötchen oder mehr als fünfzehn Euro für ein Kilo ungeschälte Garnelen hinlegen mussten. Geschälte Krabben waren zum absoluten Luxusprodukt geworden.

„Ob das damit zu tun hat, dass die Krabbenfischerei jetzt mehr auf Nachhaltigkeit setzt?", fragte Redlef.

„Du meinst, weil sie jetzt gerade das Ökosiegel vom MSC bekommen haben?", fragte Hark zurück. „Helfen tut das sicherlich. Aber dass sich das so schnell ausgewirkt haben soll, glaube ich nicht. Das sind wohl eher die natürlichen Schwankungen in den Krabbenbeständen."

Wie auch immer, das Krabbenfleisch schmeckte beiden köstlich. Gut, dass es das aufgrund der Schutzmaßnahmen wohl auch in Zukunft noch geben würde.

„Noch eine leckere Mousse au chocolat?", fragte die Kellnerin beim Abräumen.

Auch beim Dessert waren die Vorlieben der beiden Männer natürlich bekannt. Schoko nach Fisch kam immer gut! Sie teilten den letzten Rest aus ihrer Weinflasche untereinander auf und löffelten Minuten später begeistert die mit Sahne umrahmten Nocken der schokoladigen Creme.

Kurz vor dem letzten Löffel Mousse blickte der Oberstaatsanwalt, der mit dem Gesicht in Richtung Eingang saß, überrascht auf. Dann lächelte er und winkte zu Leif Hansen hinüber, der gerade ins Restaurant herein gekommen war und sich suchend umblickte.

„Dein Assistent scheint zu dir zu wollen", sagte er zu Hark.

Doch der hatte sich inzwischen ohnehin schon umgedreht, um zu schauen, was die Aufmerksamkeit seines Freundes erregt hatte.

„Leif hat heute Bereitschaft", antwortete Petersen entschuldigend. „Wenn er es nicht alleine regelt, wird`s was Wichtiges sein."

Nun winkte auch er den jungen Mann heran und bedeutete ihm mit freundlich interessierter Miene, auf dem freien Stuhl an seiner Seite Platz zu nehmen.

„Entschuldige", sagte der Kriminalmeister auffallend höflich zu Petersen, nachdem er sich gesetzt hatte, „aber das wirst du sofort wissen und sicherlich auch selbst übernehmen wollen. Ich hatte es auf dem Handy versucht, aber dich nicht erreicht."

„Ist auf stumm geschaltet", antwortete sein Chef achselzuckend.

Beim Abendessen wurde er lieber nicht gestört. Außerdem war er nicht im Dienst. In dringenden Fällen wusste man im Kommissariat ja, wie und wo er zu finden wäre.

„Tiano hat gerade angerufen", schilderte Leif und erklärte zum Staatsanwalt gewandt: „Das ist der Leiter der Polizeistation Amrum. Heißt mit vollem Namen Polizeihauptmeister Christiano Rodriguez Querra da Silva."

„Also, Tiano berichtet, dass Sie einen Toten gefunden haben. Peer Olufsen. Erschlagen. In seinem Haus. Sein Bruder Gunnar ist nicht zu finden. Mit dem lebt, entschuldige, natürlich *lebte*, er zusammen. Immer noch. Inzwischen aber woanders als bei unserem letzten Besuch bei den beiden. Und jetzt kommt`s: Peers eingeschlagener Schädel war mit einem dunkelgrünen Kotflügel bedeckt, als sie ihn gefunden haben. *Jede Wette, der Kotflügel von einem Volvo 850 Classic,* meint Tiano."

Hark Petersen und Redlef Maier schauten erst einander, dann Leif erstaunt und bedeutungsvoll an. Alle drei erinnerten sich nur zu gut an die spektakulären Amrumer „Volvo-Morde", denen im Frühjahr des vergangenen Jahres gleich mehrere Mitglieder der Familie Olufsen zum Opfer gefallen waren. Auch damals war das Gesicht eines der Toten, der besonders übel zugerichtet worden war, mit dem Kotflügel eines dunkelgrünen Volvo bedeckt worden. Dieser Fahrzeugtyp hatte in dem ganzen Fall eine herausragende Rolle gespielt. Die Ermittlungsarbeiten kamen damals sehr schnell voran, aber die

Morde geschahen in einem noch schnelleren Tempo. Die mutmaßlichen Täter hielt man für tot. Der neuerliche Mord könnte jetzt auf etwas anderes hindeuten.

Petersen winkte die Wirtin heran. Sie hatte den Tisch aufmerksam im Auge behalten, seit Leif sich dort gesetzt hatte. Sie kam augenblicklich.

„Darf's noch etwas sein", fragte sie in einem besonders freundlichen Ton.

„Einen doppelten Espresso und die Rechnung, bitte", bestellte Petersen und blickte dabei Leif fragend an. Der nickte.

„Zweimal doppelter Espresso", lächelte er zur Wirtin gewandt, und dann zu Redlef: „Das wird ne lange Nacht." Ein Blick auf die Armbanduhr zeigte 21:30 Uhr.

„Die Spurensicherung ist bereits auf dem Weg", berichtete Leif. „Unser Hubschrauber wird in etwa einer halben Stunde hier sein. Die Gerichtsmedizinerin nehmen wir von hier aus mit. Dr. Steffens hat heute Bereitschaft und ist gerade in Husum. Privat. Zurück fliegt sie dann später wohl mit der Spusi."

Petersen fühlte eine gewisse Erleichterung, dass sie nicht mit Dr. Alfons Sandemann, dem Chefpathologen der Gerichtsmedizin hier im Norden, nach Amrum fliegen würden, sondern mit seiner jungen Kollegin. Sie hatte bei den wenigen Malen, die er bislang mit ihr direkt zu tun hatte, einen sympathischen und fachlich versierten Eindruck gemacht. Sandemann hingegen nervte damit, dass er grundsätzlich am Tatort und bei der Obduktion witzig gemeinte Reime vor sich herplapperte. Die meisten davon waren unglaublich schlecht und grundsätzlich unpassend. Je blutiger der Tatort, desto absurder seine Gedichtchen.

„Vermutlich ist das nur seine Art, das Grauen zu kompensieren", dachte Petersen entschuldigend. Zudem war Sandemann der mit Abstand kompetenteste Pathologe, dem er je begegnet war. Trotzdem: Dr. Tanja Steffens schien ihm unter den gegebenen Umständen die angenehmere Reisegefährtin.

Die Pathologin würde vermutlich gleich nach der ersten Leichenschau zusammen mit dem Toten zur Rechtsmedizin nach Kiel fliegen. Leif und er würden hingegen auf jeden Fall über Nacht und vermutlich für mehrere Tage bleiben, war Petersen sich sicher.

Er selbst würde sicherlich bei Tante Lizzy unterkommen können, aber Leif musste irgendwie versorgt werden. Er schaltete sein Handy an und schaute noch einmal auf die Uhr. Ob er Ella zuhause stören und mit der Suche nach einer Unterkunft beauftragen sollte? Oder könnte er dabei auch auf die Nachtbesetzung im Kommissariat vertrauen?

Da klingelte sein Handy. Petersen musste schmunzeln, als er das mit der Anrufernummer verbundene wettergegerbte und von tausend kleinen und größeren Fältchen überzogene hagere Gesicht auf dem Display sah.

„Peers Tod hat sich auf Amrum schon herumgesprochen", lächelte er zu Leif und Redlef gewandt und nahm mit einem liebevollen „Hallo Tante Lizzy!" ab.

„Hark, mein Junge, entschuldige, dass ich dich anrufe", klang es von der anderen Seite. „Aber ich warte schon seit einer dreiviertel Stunde, dass du dich meldest, und nun möchte ich gleich schlafen gehen. Dein Bett ist überzogen, und es liegt alles bereit, was du brauchen könntest. Für den Fall, dass dein charmanter junger Kollege mitkommt, ist auch das Bett im anderen Zimmer gemacht. Hier ist ja noch Saison und außerdem tollstes Wetter. Da wird es schwierig sein, ein Hotelzimmer zu bekommen. Frühstück um sieben?"

„Tante Lizzy, du bist ein Schatz!", strahlte Hark.

Der Anruf hatte trotz des dramatischen Anlasses eine riesige Vorfreude auf die Insel und auf seine Tante ausgelöst. Beide liebte er schon seit seiner Kindheit über alles.

„Ich weiß", kicherte seine Tante auf der anderen Seite der Leitung. „Natürlich bin ich ein Schatz! Ich lasse die Tür zur Küche offen, ihr könnt also jederzeit rein. Versucht bitte, leise zu sein, aber macht euch nichts daraus, wenn ihr das nicht schafft. Bis morgen, mein Junge!" Sie hatte aufgelegt, bevor er etwas erwidern konnte.

„Gute Nachrichten, Leif! Du musst heute Nacht nicht auf der Pritsche in der Arrestzelle schlafen!", grinste Petersen seinen Assistenten an. „ Lizzy hat dir ein Bett überzogen."

Leif sah tatsächlich erleichtert aus. Offenbar hatte er die andere Möglichkeit bereits in seine Wahrscheinlichkeitsrechnungen mit einbezogen. Die Polizeistation Nebel war in einem ehemaligen Einfamilienhaus untergebracht. Als Arrestzelle war das umgebaute Bad im Erdgeschoss eingerichtet worden. Das weckte gerade in Bezug auf die „Volvo-Morde" ausgesprochen unangenehme Erinnerungen in den Mordermittlern. Die Aussicht, mit bei der Tante seines Chefs übernachten zu können, war für Leif hingegen sehr erfreulich. Er fand die Fast-Rentnerin ungeheuer sympathisch.

Der Espresso kam, und die beiden Polizisten schütteten sich sofort jeder zwei Päckchen Zucker hinein, rührten fast synchron, kippten die verführerisch duftenden Getränke in einem Zug herunter und standen zeitgleich auf.

„Wie zwei Synchronspringer", dachte Redlef Maier amüsiert und griff sich mit einem „das erledige ich" die Rechnung. „Ihr seid ein beneidenswert tolles Team", lachte er, während er den beiden Aufbrechenden die Hand schüttelte und einen erfolgreichen Einsatz wünschte.

Sekundenbruchteile später waren sie zur Tür hinaus.

5

Christiano da Silva war entsetzt, aber er ließ sich zunächst einmal nichts anmerken. Ein kurzer Augenblick der Besinnung, dann wandte er sich mit professioneller, gefasster Miene zu Christine Olufsen um, die zusammen mit der schluchzenden Johanna Sörensen kreidebleich hinter ihm stand.

„Vielen Dank, dass ihr sofort angerufen und nichts weiter angefasst habt", sagte er. „Hein und ich schauen gleich vor-

sichtig nach, wer es ist. Aber seid so lieb und wartet draußen.
Wir lassen es euch dann wissen."

„Es ist Peer, Tiano! Auf jeden Fall Peer", stellte Christine
ganz leise und sachlich fest. Im Umdrehen legte sie sanft die
Hand auf die Schulter von Frau Sörensen und zog die wei-
nende Frau mit sich aus dem Zimmer und dem Haus hinaus.
Frau Sörensen ließ sich willenlos führen. Sie beruhigte sich
nur sehr langsam. Immer wieder klangen Schluchzer aus ihrer
Kehle.

Als die Frauen außer Sicht- und Hörweite waren, schaute
der Leiter der Amrumer Polizeidienststelle erstmals wieder
direkt zu seinem Kollegen Heinrich Dammann hin und ließ
das Entsetzen auf sein Gesicht zurückkehren.

„Verdammt, Hein", stöhnte er und fuhr sich mit der Hand
durch seine akkurat geschnittene Kurzhaarfrisur, deren einst-
mals tiefes Schwarz an den Seiten bereits deutliche Schattierungen von Grau zeigte. „Geht das jetzt etwa wieder los?"

Hein schaute nicht weniger fassungslos aus seiner Polizei-
uniform. „Wirklich grauenhaft", schüttelte der hünenhafte
Polizeibeamte den Kopf. „Die arme Christine trägt es nach
außen hin ja halbwegs gefasst. Aber ich kenne sie ein wenig.
Dass sie jetzt schon wieder einen Bruder verloren hat, setzt ihr
verdammt zu."

Seit gut acht Jahren war Hein neben seinem Chef Christiano
Rodriguez Querra da Silva der einzige Ganzjahres-Polizist auf
der Insel. Die beiden jungen Saisonkollegen, die die Beleg-
schaft der Polizeistation Nebel von Februar bis November zah-
lenmäßig verdoppelten, waren draußen bereits dabei, Haus und
Grundstück weiträumig abzusperren.

Mit Jette Schröder und Leon Brandt bestand die Saison-
Unterstützung wieder aus einem Mann und einer Frau, und
wie üblich hatten die beiden gerade erst die Polizeischule abgeschlossen, bevor sie auf die Insel kamen. Jetzt, nach gut
einem halben Jahr, hatten sie sich perfekt in das Polizeiteam

eingefügt, aber nur wenige dramatische Situationen erlebt. Die älteren Kollegen würden den Nachwuchs später einen intensiven Blick auf den Tatort werfen lassen. Zu Schulungszwecken! Aber erst wenn die Kripo und die Spurensicherung damit durch waren. Vorher hieß es „weniger Menschen verwischen weniger Spuren".

„Ich mach` dann mal", sagte Tiano widerstrebend, zog ein Paar Latexhandschuhe aus der Uniformjacke und streifte sie über.

Hein nickte zustimmend. Er hatte seine bereits angezogen bevor er sich durch kurzes Anfassen zweifelsfrei überzeugt hatte, dass der Mann auf dem Wohnzimmerboden tatsächlich tot war und kein schwer Verletzter, der vielleicht noch Hilfe brauchte. Auch erste Fotos von der auf dem Bauch liegenden Leiche hatte er schon mit seiner Handykamera geschossen. Jetzt überließ er das Feld gerne seinem Freund und Vorgesetzten.

Da Silva trat vorsichtig durch die Türöffnung und über den Toten hinweg ins Wohnzimmer. Peinlich genau achtete er darauf, nichts zu verändern oder zu verwischen. Kripo und Spurensicherung sollten sich ein unverfälschtes Bild machen können. Trotzdem musste er den Kotflügel einmal anheben, um zu sicherzustellen, dass es tatsächlich Peer war. Er zweifelte zwar nicht wirklich an Christines Urteil, aber letzte Gewissheit war nur so zu bekommen. Bis die Mordkommission eintraf, würde noch mindestens eine Stunde vergehen. Diese Zeit musste unbedingt schon genutzt werden.

Der Tote hatte leichte aber stabile Sommerstiefel an den Füßen. Die Beine steckten in einer schmuddeligen Latzhose. Das linke war gerade ausgestreckt, das rechte etwas angewinkelt.

„Fast, als würde er schlafen", dachte Tiano.

Das karierte Flanellhemd im Holzfällerlook war ebenso schmuddelig wie die Hose, unter der es herausschaute. Schultern und Kopf waren von einem großen dunkelgrünen Kotflügel bedeckt. Der Scheinwerfer fehlte, die rechteckige Vertiefung, in der er gesessen hatte, war leer. Ein dünner Streifen Blut war unter dem Kotflügel herausgelaufen und mündete in einer kleinen Pfütze. An Blutverlust war der Mann hier sicherlich nicht gestorben. Weiter ins Wohnzimmer hinein, vielleicht einen halben Meter vom Kotflügel entfernt, lag eine Axt. Blutspuren konnte da Silva daran auf den ersten Blick nicht ausmachen. Aber das war jetzt auch nicht sein Thema. Die Spurensicherung würde sich später darum kümmern.

Tiano trat neben den Oberkörper des Mannes, bückte sich, atmete noch einmal tief durch und hob extrem behutsam den Kotflügel an. Nur so weit, dass er darunter schauen konnte, dabei peinlichst darauf bedacht, dass nichts verrutscht. Ein Fliegenschwarm schoss unter dem Blech hervor. Tiano zuckte erschreckt zurück und zog den Kotflügel dabei in die Blutspur hinein.

„Mist, das hättest du erwarten müssen", fluchte der Polizist, aber zu ändern war es nicht mehr, also hielt er sich auch nicht mit weiteren Selbstbeschimpfungen auf.

„Es ist tatsächlich Peer!", sagte er zu Hein gewandt. Er kannte den Mann gut, der da mit weit aufgerissenen Augen auf dem Boden lag. Aus einer flächigen Wunde an der Stirn war das Blut auf den Holzdielenboden geflossen. Weitere Wunden konnte da Silva nicht erkennen. Peers Haut war schneeweiß. Rotviolette Leichenflecken zeichneten sich darauf in makabrem Kontrast ab.

Der Polizeihauptkommissar war kein Mediziner. Aber er war sich trotzdem ziemlich sicher, dass Peer schon seit mindestens einem Tag tot war. Damit war klar, dass sie den Täter nicht mehr im Haus suchen mussten.

„Hier gibt`s für uns im Moment nichts mehr zu tun", sagte Tiano im Aufstehen zu Hein. „Lass uns draußen mit den beiden Frauen sprechen. Und wir müssen Gunnar Bescheid sagen, was mit seinem Bruder passiert ist."

Christine Olufsen stand mit Johanna Sörensen auf dem Tanenwai direkt am Absperrband mit dem Aufdruck „Polizeieinsatz", das die beiden jungen Polizeimeister inzwischen vollständig (und an den meisten Stellen überflüssig) um das gesamte Grundstück gezogen hatten. Auch fünfzehn oder zwanzig nicht Beteiligte standen neugierig um das Geschehen herum, traten über die Absperrung, bedrängten die Frauen, fotografierten und filmten sogar.

„Treten Sie bitte alle zurück! Hier gibt es nichts zu sehen und Sie behindern unsere Arbeit", rief da Silva im strengsten Polizistenton, den er zur Verfügung hatte.

Die wenigen Einheimischen in der Menschentraube nickten zustimmend und gingen. Die anderen taten so, als hätten sie nichts gehört. Der Dienststellenleiter winkte seine jungen Kollegen heran.

„Personalienfeststellung, Platzverweise", rief er ihnen mit betont abfälliger Handbewegung in Richtung der Gaffer zu, die über die Absperrung getreten waren. Die verzogen sich umgehend, als die Polizeimeister sich näherten. Nur ein älteres Ehepaar blieb wie angewurzelt im Vorgarten stehen und machte sich offenkundig in völliger Selbstzufriedenheit bereit, sich aufzuspulen. Da Silva schüttelte es vor Ekel.

„Volles Programm", rief er seinen Kollegen zu. „Ihr habt freie Hand. Notfalls über Nacht in die Arrestzelle."

Dann drehte er sich zu Christine und Frau Sörensen und blendete die unappetitliche Szene hinter sich aus, die erwartungsgemäß von Wortfetzen wie „freies Land, freie Bürger, Stasimethoden, gutes Recht..." begleitet wurde, sich dann aber doch relativ schnell auflöste.

„Wie habt ihr ihn entdeckt?", fragte er die beiden Frauen im sanftesten Ton, der ihm möglich war.

Christine übernahm das Reden: „Ich wollte heute Morgen bei Peer und Gunnar Fahrräder für zwei Gäste reservieren, die morgen kommen. Sie sind aber beide nicht ans Handy gegangen. Auf Whatsapp gab`s auch keine Antwort. Daher bin ich gegen Mittag zum Laden hin. Der war aber geschlossen. Dann bin ich zu ihnen nach Hause, um zu sehen, ob jemand krank ist und Hilfe braucht. Hat aber keiner aufgemacht. Mara und Clara wussten auch nichts. Als es dann um acht immer noch kein Lebenszeichen gab, hab ich bei Frau Sörensen angerufen. Sie macht bei meinen Brüdern den Haushalt. Bei mir übrigens auch. Wir sind dann zusammen mit ihrem Schlüssel hier rein und dann..."

Bis hierhin hatte sich Christine wacker gehalten, jetzt aber schnitt ihr ein enormer Schluchzer die Sprache ab. Tränen liefen ihr über das Gesicht. „Peer hat doch keiner Seele was zuleide getan! Und ich mache mir irre Sorgen um Gunnar! Wenn dem nur nicht auch was passiert ist..."

„Ach du armes Mädchen", schluchzte nun auch wieder Frau Sörensen und nahm Christine in den Arm.

Aber schon nach einer Minute riss sich die junge Frau sichtbar entschlossen zusammen, machte sich los und wischte sich mit dem Ärmel über das Gesicht. In einem bemüht gefassten Ton, der fast gelang, sagte sie „Entschuldige, Tiano!"

Der Polizist hatte mitfühlend abwartend dabeigestanden. Nun strich er ihr statt einer Antwort zart mit den Fingerrücken über die Wange. Dann bat er um die Handynummern ihrer Brüder Gunnar und Peer, von ihren Cousinen Mara und Clara und um ihre eigene Nummer.

„Wir werden schauen, ob wir Gunnar per Handyortung ausfindig machen können", erklärte er Christine. „Vielleicht haben wir ja Glück. Sicherlich wird auch die Mordkommission heute noch mit dir reden wollen und zur Terminabsprache anrufen", kündigte er an. „Wir melden uns natürlich auch bei dir, wenn wir etwas zu Gunnar in Erfahrung bringen. Ich fahre jetzt erst mal zu deinen Cousinen. Willst du mitkommen?"

Christine nickte dankbar, umarmte Frau Sörensen noch einmal kurz und herzlich und fuhr mit Tiano zusammen im Streifenwagen davon.

6

Leif hatte den Dienst-BMW mit aufgesetztem und einge-
schaltetem Blaulicht direkt vor dem Restauranteingang
geparkt. Zu Fuß wäre er vom Kommissariat aus vermutlich
mindestens ebenso schnell hier gewesen. Petersen schmunzelte. Der junge Mann liebte die dramatischen Auftrittsmög-
lichkeiten, die der Beruf ihm manchmal bot, und kostete sie
aus. Da er es dabei aber selten übertrieb, ließ sein Chef ihn
gerne gewähren. „Jungsein bringt auch Rechte mit sich", fand
der insgeheim, hütete sich aber, dies Leif gegenüber auszu-
sprechen.

Die beiden fuhren zunächst zum Kommissariat, das vor nun
schon über drei Jahren in ein altes Patrizierhaus gegenüber der
Kirche gezogen war. „Nur vorübergehend, während die neue
Dienststelle gebaut wird", hieß es seit damals. Der Glaube an
das „Vorübergehende" war mittlerweile bei allen Mitarbeitern
erloschen, auch wenn die alte Dienststelle nun tatsächlich, mit
zweieinhalb Jahren Verzögerung, abgerissen worden war.
Doch seither hatte sich wieder überhaupt nichts getan. Schwierigkeiten mit der Ausschreibung auf EU-Ebene, hieß es.

Grundsätzlich störte sich hier im Kommissariat niemand an
den Räumlichkeiten. Das Haus war ja sehr schön und super
zentral gelegen. Das Ambiente durchaus edel. Andererseits
waren die Stromleitungen hier noch aus der Gründerzeit,
Steckdosen rar und die wenigen LAN-Kabel ewig überlastet.
Zudem war der Verhörraum ein Witz. Wichtige Befragungen
lagerten Petersen und seine Kollegen daher in der Regel in die
Dienststellen Flensburg, Niebüll oder sogar nach Heide oder
Schleswig aus. Zumindest, wenn die sich nicht wieder einmal
wegen „Eigenbedarfs" querstellten. Seit sein Freund Redlef
zum Oberstaatsanwalt befördert worden war, hatte sich dabei
allerdings für Hark der „kleine Dienstweg" und damit der pro-
blemlose Zugang zu vollverkabelten Befragungszellen geeb-
net. Nicht, dass sich Redlef Maier jemals eingemischt oder
Petersen auch nur eine Andeutung gemacht hätte. Doch allein,

dass man vom guten Verhältnis der beiden wusste, führte zu deutlich gesteigertem Wohlwollen.

Petersen ließ seinen Assistenten alleine nach oben in ihre Büros im zweiten Stock eilen, um die Seesäcke zu holen, die sie sich inzwischen für Einsätze auf den Inseln und Halligen fertig gepackt bereitgestellt hatten. Da sie dort oft zwangsläufig über Nacht und immer mal wieder für mehrere Tage bleiben mussten, bot es sich an, eine Grundausstattung an Kleidung, Hygieneartikeln und Ladekabeln mitzunehmen. Diese Lehre hatten sie aus ihrem ersten gemeinsamen Einsatz auf Amrum gezogen, bei dem Hark zwar von Tante Lizzy mit dem Nötigsten versorgt worden war, Leif aber fast die letzte Fähre verpasst hätte, weil er erst noch zum Packen nach Hause fahren musste. Seither hatten ihnen die Seesäcke schon mehrmals einen Einsatz angenehmer gestaltet. Nur die Laptops mussten jeweils noch hineingetan werden. Dann waren sie sofort reisefertig.

Petersen war aus dem BMW gestiegen und lehnte in der offenen Wagentür. Die Temperatur war immer noch ungewöhnlich mild. Trotz der für Husumer Verhältnisse bereits deutlich fortgeschrittenen Stunde – es ging auf 22 Uhr zu – waren die Straßen rund um den Marktplatz noch belebt. Direkt vor der Kirche standen und saßen vor allem junge und sehr junge Menschen. Sie unterhielten sich, tranken die selbst mitgebrachten Getränke, lachten. Hark freute sich an der guten Stimmung auf dem Platz, der Raum zum Treffen bot, ohne dafür bezahlen zu müssen.

„Sind sie von der Polizei?", krächzte eine aggressive Stimme hinter ihm, die so gar nicht zur friedlichen Szene auf dem Platz passte. Petersen kannte diese Form der Ansprache aus über 25 Jahren Polizeidienst und ahnte, worauf das hinauslaufen würde: Beschwerde über Geräusche, die Menschen machten, Notdurft, die sie öffentlich verrichteten, Müll, den sie zurückließen. Und dann die Aufforderung einzuschreiten.

Er drehte sich langsam zu der Dame um, die ihn angesprochen hatte, und blickte freundlich in ein etwa 60 Jahre altes, von aggressiver Wut entstelltes, rundliches Gesicht, das ihn mit einer Mischung aus Verachtung und Erwartung betrachtete.

„Nein, tut mir leid", antwortete er freundlich und nicht im mindesten darauf erpicht, sich mit der Frau und ihren berechtigten oder unberechtigten Wünschen auseinanderzusetzen. Damit drehte er sich wieder in Richtung Kirche. Doch so einfach wollte sich die Dame nicht abwimmeln lassen.

„Das erzählen sie mal wem anders", schimpfte sie los. „Das ist ein Polizeiauto. Sieht man doch am Blaulicht!"

Petersen musste sich zwangsläufig auf mehr als einen Satz einlassen. Aber wenn er schon mit der Frau sprechen musste, dann wollte er auch seinen Spaß dabei haben.

„Pssst!", flüsterte er. „Nicht so laut! Das hier ist eine geheime Ermittlung. Wir wollen an die Hintermänner der Jugendbanden da drüben ran. Gehen sie bitte weiter und erregen Sie kein Aufsehen."

In diesem Moment kam Leif mit den beiden Seesäcken und einem Uniformierten aus dem Kommissariat gelaufen und Petersen setzte sich ohne Abschiedsgruß auf den Beifahrersitz und schlug die Tür zu. Leif war mit dem Reisegepäck auf den Rücksitz gehechtet, der Uniformierte sprintete zur Fahrerseite, startete Wagen und Blaulicht und fuhr mit kreischenden Reifen los.

„Der Hubschrauber ist in zwei Minuten da", erklärte Leif. Das würden sie locker schaffen. Ein Landeplatz lag in der Ferdinand-Tönnies-Straße, nur wenige hundert Meter entfernt. Sie mussten lediglich den Schlosspark umrunden.

7

„War die Haustür eigentlich abgeschlossen, als du mit Frau Sörensen zum Haus gekommen bist?", fragte Tiano Christine, die neben ihm auf dem Beifahrersitz Platz genommen hatte.

Christine nickte: „Ich hatte natürlich schon versucht, ob sie offen ist, bevor ich Frau Sörensen mit dem Schlüssel geholt hatte. Auch die Tür im Garten war zu. Zum Glück! Sonst hätte ich Peer ja ganz allein gefunden."

Die junge Frau war nun schon wieder deutlich gefasster als beim Einsteigen und hatte Clara und Mara den Polizeibesuch bereits per Whatsapp angekündigt. Blaue Häkchen zeigten sofort nach dem Absenden, dass die Nachricht gelesen worden war. Die beiden Cousinen wussten vom Leichenfund. Christine hatte sie gleich nach ihrem Telefonat mit der Polizei angerufen. Nun warteten sie offenkundig dringlich auf mehr Informationen.

Clara wohnte ebenfalls am Tanenwai, aber genau auf der entgegengesetzten Seite der kilometerlangen, ungepflasterten Straße, die fast auf ganzer Strecke am Wald entlang oder durch ihn hindurch führte. Der Polizeiwagen bog daher an der ersten Querverbindung, dem Noorderstrunwai, nach links ab, um gleich darauf die gut ausgebaute Landstraße bis hin zum Leuchtturm zu nehmen. Von dort aus war es ein Katzensprung zu Claras Haus, das einsam am Rande der Dünen lag.

Das nicht sehr große aber ausgesprochen hübsche Reetdachhaus mit seinen weiß gestrichenen Wänden war rundum hell erleuchtet. Hinter jedem einzelnen Fenster brannte Licht. Clara war aus der Haustür getreten, sobald der Polizeiwagen in die Einfahrt eingebogen war, und lief ihnen entgegen. Als da Silva den Wagen neben Claras Sportcoupé zum Stehen gebracht hatte, war sie bereits an der Beifahrertür und nahm ihre Cousine nach dem Aussteigen wortlos in den Arm.

Da Silva betrachtete die junge Frau mit höchster polizeilicher Aufmerksamkeit. Unter ihrer natürlich braunen, von der Sonne zusätzlich stark gedunkelten Haut war sie kreidebleich. Trauer und Sorge zeichneten Claras Gesicht, die Augen waren vom Weinen gerötet und mit dunklen Schatten unterlegt.

„Eine trauernde Angehörige", notierte der Polizeihauptkommissar innerlich und nicht ganz ohne Überraschung. Er traute der selbst in diesem Zustand noch unglaublich attraktiven dunkelhaarigen Frau seit jeher nicht über den Weg. Nach dem mysteriösen und bis heute ungeklärten Tod ihres Vaters vor viereinhalb Jahren gehörte sie für ihn zu den Hauptverdächtigen. Auch beim Tod ihrer Brüder war für ihn ihre zumindest indirekte Tatbeteiligung bis zuletzt nicht auszuschließen gewesen.

Aber das war reines Bauchgefühl. Neben dem jeweils erheblichen Erbe, das als hinreichendes Tatmotiv gelten mochte, gab es in keinem Fall auch nur den Hauch eines Indizes. Beim Mord an ihren Brüdern war sie nicht einmal auf der Insel gewesen. Zudem schienen Trauer und Mitgefühl hier und jetzt vollkommen ehrlich zu sein, und Peers Vermögen würden wohl Gunnar und Christine erben, nicht sie.

Trotzdem kribbelte das Gefühl in Tianos Bauch schon wieder ein wenig. Er schüttelte es mit einem Achselzucken ab und gab ihr die Hand.

Das erste intensive Gespräch mit den Frauen wollte da Silva den Mordermittlern überlassen. Er informierte Clara daher lediglich offiziell über den Tod ihres Cousins und fragte, ob sie einen Verdacht und ob sie inzwischen etwas von Gunnar gehört habe. Sie verneinte beides.

Clara wollte gerne mit zu Mara kommen, wo sie dann zu dritt auf das Eintreffen der Kripo warten würden. „An Schlafen ist im Moment eh nicht zu denken", sagten sie fast zeitgleich, was ihre Gesichter in kurzer Erheiterung aufhellen ließ. Doch nur einen sehr kurzen Augenblick lang. Dann war die Trauer in ihnen zurück.

Mara hatte sich aus ihrem beachtlichen Immobilienerbe ebenfalls ein schmuckes reetgedecktes Haus als neues Domizil ausgewählt. Es stand in Nebel nahe beim Schullandheim direkt am Wattenmeer und bot nach hinten hinaus einen herrlichen Blick über das Wattenmeer hinüber nach Föhr.

Auch Mara hatte bereits auf ihr Eintreffen gewartet und kam ihnen entgegen, noch bevor da Silva den Motor abgestellt hatte. Sie umarmte, Tränen in den Augen, zuerst ihre Cousine Christine, dann ihre Halbschwester Clara. Anschließend hauchte Mara dem Polizisten, der auch diese Szene mit professionellem Interesse beobachtet und die Reihenfolge der Begrüßung registriert hatte, mit einer leichten Umarmung und einem „Hallo Tiano, wisst ihr schon mehr?" ein Küsschen auf beide Wangen.

Da Silva versteifte sich unter dieser Begrüßung. Sie war zwischen ihnen zwar üblich, erschien ihm unter den aktuellen Umständen aber unprofessionell. Er legte die Hände auf ihre Schultern und trat dabei sanft auf Armlänge zurück, während er ein bedauerndes „Leider nein" aussprach. Mara begriff seine Geste sofort und wurde rot.

„Entschuldige", druckste sie mit auf den Boden gerichteten Augen.

„Alles gut", beruhigte er sie und ließ die Hände sinken. „Hast du noch etwas von Gunnar gehört?"

Hatte sie nicht. Und auch keine Vorstellung davon, warum Peer ermordet worden war.

In der Ferne war zunächst leise, aber schnell lauter werdend das Geräusch eines Hubschraubers zu hören. Da Silva schaute auf die Uhr. Das musste die Spurensicherung sein; die Mordkommission würde frühestens in 20 Minuten hier ankommen können. Er verabschiedete sich mit einem „Es kann eventuell Mitternacht werden" bei den drei Frauen, was diese mit einem zustimmenden Nicken und „wir warten" beantworteten. Dann machte er sich auf den Weg zur gerade mal zwei Minuten entfernten Landestelle, wo die junge Polizeimeisterin schon mit dem zweiten Streifenwagen bereitstehen müsste. Es waren mindestens acht Kollegen und eine Menge Gepäck zu transportieren. Er rieb sich müde die Augen und unterdrückte ein Gähnen. Ein paar Stunden musste er noch durchhalten.

8

Die Gerichtsmedizinerin stand bereits an der Straße neben dem Landeplatz, als Leifs Dienst-BMW dort mit kreischenden Reifen zum Stehen kam. Sie umarmte und küsste den Mann, der neben ihr stand, kurz und leidenschaftlich und nahm ihm die schwere Arbeitstasche aus der Hand, die er für sie gehalten hatte. Dann kam sie lächelnd zu Hark und Leif herüber, während der BMW bereits wieder abfuhr.

Die begrüßenden Worte gingen im Lärm des landenden Hubschraubers unter. Dann eilten die drei mit eingezogenen Schultern und Köpfen unter den sich drehenden Rotorblättern hindurch und stiegen ein. Der Versuch von Tanja Steffens, ihre langen Haare im Laufen vor dem gewaltigen Luftschwall zu schützen, war nur mäßig gelungen.

„Hätte wohl besser einen Zopf geflochten", rief sie lachend durch den Lärm zu ihren Begleitern, während der Hubschrauber abhob und schnurgerade in Richtung Nordnordwest steuerte.

Die Männer grinsten zurück, hoben aber nur die Daumen. Eine Unterhaltung wäre bei diesem Geräuschpegel unangenehm belastend für die Stimmbänder geworden.

Die Sonne war längst untergegangen, doch ganz im Westen leuchtete der Himmel noch in einer letzten Erinnerung an sie in dunklen Rot- und Violetttönen. „Schade", dachte Hark, der nur selten die Gelegenheit hatte, auf dem Luftweg nach Amrum zu reisen. Ein Flug bei Tag über das Wattenmeer mit seinen Inseln und Halligen wäre gerade beim heutigen Wetter wunderschön gewesen.

Sie würden über Nordstrand und die Nordspitze der Insel Pellworm fliegen, erklärte der Pilot in ihre Kopfhörer hinein. Die Hallig Hooge würde linkerhand liegen, rechts die Hallig Langeness, wenn sie über das Amrumtief direkt auf Nebel zusteuerten.

Doch abgesehen von ein paar glitzernden Lichtern hier und dort blieb all das in der Dunkelheit verborgen. Immerhin sahen sie ein Fischerboot, dessen Deck von Halogenscheinwerfern taghell erleuchtet wurde. Die Gischt sanfter Wellen glitzerte im Scheinwerferlicht. Zu ihrer Verblüffung umkreisten Möwen trotz der Dunkelheit, die das umgebende Meer einhüllte, jagend das Schiff.

Die Reise ging wesentlich zügiger als mit dem Polizeiboot oder gar der Fähre. Dennoch zeigte die Uhr schon fast halb elf, als sie endlich gelandet waren. Christiano da Silva erwartete sie am Landeplatz und kam ihnen entgegen. Höflich gab er zunächst der Gerichtsmedizinerin die Hand, dann umarmte er zu deren Überraschung die beiden Männer ausgesprochen herzlich, aber, natürlich, mit dem typisch männlichen Schulterklopfen.

„Wir haben schon einiges zusammen durchgemacht", lächelte er der Pathologin entschuldigend zu. Insgeheim fragte er sich, wo denn nun der professionelle Unterschied zur Umarmung durch Mara war. Dann gestikulierte er lächelnd mit einem „Wollen wir?" in Richtung Polizeiwagen, der mit blinkendem Blaulicht am Straßenrand abgestellt war.

Leif fasste Petersen leicht am Arm und sie blieben ein paar Meter hinter den anderen zurück.

„Ich muss dir gerade noch was sagen, Chef", raunte er seinem Vorgesetzten zu. „Bei unserem ersten Einsatz hier habe ich mich in Amrum verliebt. Und in eine Insulanerin. Darum war ich seither immer mal wieder an meinen freien Tagen hier und auch schon als Urlauber."

Petersen schaute ihn interessiert an. „Christine Olufsen?"

Leif nickte eifrig und ohne Überraschung, dass der Kommissar die Person sofort erraten hatte. Die treffsichere Beobachtung und verblüffende Kombinationsgabe gehörten zu den vielen Stärken, für die er seinen Chef bewunderte und beneidete.

„Seid ihr ein Paar?", fragte dieser weiter.

Leif schüttelte den Kopf: „Nicht so richtig. Leider! Sie ist immer wieder auch mit anderen zusammen. Ist ziemlich vertrackt. Sie würde sich ja auf mich beschränken, wenn ich immer hier wäre, sagt sie. Aber ich kann nicht hierher ziehen, und sie will nicht aufs Festland. Und jetzt wird es leider vom Mordfall her zusätzlich etwas schwierig."

„Etwas schwierig? Du bist gut! Leif, das ist jetzt wirklich Mist!", fluchte Petersen, allerdings eher mit pflichtbewusstem als tatsächlichem Ärger. „Das hättest du besser vor dem Abflug gesagt. Ich hätte jemand anderen mitnehmen müssen. Immerhin ist sie die Schwester des Mordopfers und wird vermutlich erst einmal zu unseren Hauptverdächtigen gehören. Halt dich bei ihr auf jeden Fall im Hintergrund und gegenüber allen anderen die Klappe. Wir lassen uns später in Ruhe etwas einfallen."

Die beiden anderen warteten bereits am Polizeiwagen auf sie, als sie mit einem entschuldigenden Blick dort eintrafen.

„Sorry", sagte Petersen, „wir mussten gerade noch kurz etwas klären. Lasst uns zum Tatort fahren."

Vom Landeplatz zum Ende des Tanenwai war es nicht weit, aber die vielen Schlaglöcher auf den letzten paar hundert Metern zwangen zu besonnener und damit etwas verlangsamter Fahrt. Seit Jahren versuchte die Gemeinde vergeblich, das Schlagloch-Problem auf ihren vielen Schotterstraßen in den Griff zu bekommen. Bislang war ihr da trotz erheblicher Investitionen noch nicht der große Wurf gelungen. Tatsächlich noch nicht einmal der kleine.

Der riesige breitschultrige Hein stand mit verschränkten Armen vor dem Hauseingang, den er fast komplett ausfüllte. Allein mit seiner Körperhaltung bedeutete er all denen, die hier nun doch schon wieder guckten, ob es etwas zu gucken gab, nur nicht näher zu kommen.

Petersen freute sich sehr, den hünenhaften Freund wiederzusehen, wurde aber zunächst von einem kleinen rundlichen

Mann um die Sechzig mit einem „Entschuldigen Sie Herr Kommissar, nur einen Augenblick!" aufgehalten.

Noch ehe Petersen sein Gedächtnis so weit hatte durchforschen können, woher er sein braungebranntes Gegenüber kannte, stellte dieses sich als „Max Momsen von der Insel-Zeitung" vor und fragte, wer denn Peer Olufsen ermordet hatte und warum.

Petersen warf dem Mann ein verblüfftes „ich komme doch gerade erst an" zu und drängte an ihm vorbei zu Hein. Die Gefühle bei der Begrüßung waren so herzlich wie mit Tiano. Aber da eine Umarmung hier, im Licht der Öffentlichkeit, ja wohl unprofessionell ausgesehen hätte, beschränkten sie sich auf einen kräftigen Händedruck und Armeklopfen.

Tiano hatte bereits auf dem kurzen Weg hierher das Wenige berichtet, was es bislang zu berichten gab. Auch das kleine, vom Fliegenschwarm ausgelöste Malheur mit dem Kotflügel. Die Spurensicherung war bereits rund ums Haus ausgeschwärmt, hatte den eigentlichen Tatort aber bis zum Eintreffen des Hauptermittlers noch unverändert lassen wollen und dort erst mal nur Fotos gemacht. Draußen gab es ohnehin noch genügend abzusuchen.

Auch die Pathologin ließ den Mordermittlern den Vortritt. Diese betrachteten die Leiche, den Tatort, den Kotflügel, die Axt, die Fliegen.

„Was meinst du?", fragte Petersen nach einer Weile des lediglich stummen Auf-sich-wirken-Lassens seinen Kollegen.

„Erinnert tatsächlich an einen der Volvo-Morde", antwortete Leif. „Aber doch wohl eher wie eine gewollte Irreführung als tatsächlich. Keine Spur von wildem Hass. Die Inszenierung soll uns sicherlich nur ablenken."

Petersen nickte. „Genau mein Eindruck", sagte er und winkte einen der Spurensicherer heran: „Sie können den Kotflügel jetzt einpacken."

Die Polizisten hockten sich neben den Toten, betrachteten seine Lage im Raum, die Lage der Axt und die Form der

Wunde. Petersens Blick forderte Leif zur weiteren Stellungnahme auf.

„Der Täter muss neben der Eingangstür zum Wohnzimmer auf ihn gewartet haben, ganz nah an der Wand, aber fast einen Meter von der Tür entfernt. Den Axtkopf hatte er wie beim Hammerwerfen oder Golfspielen vor sich auf dem Boden", beschrieb der Assistent seinen Eindruck. „In dem Moment, in dem Peer in den Türrahmen trat, hat er die Axt mit enormer Kraft in einer Kreisbewegung nach oben gerissen und mit der stumpfen Seite präzise die Stirn getroffen. Eiskalt kalkuliert und professionell ausgeführt! Peer dürfte nicht mal mitbekommen haben, was da auf ihn zukam. Vollkommen anders als die wilde Brutalität der Volvo-Morde!"

Auch hierzu konnte Petersen nur zustimmend nicken. Sein junger Assistent war beeindruckend genau in seinen Beobachtungen.

„Aber was sagst du dazu, wie der Kotflügel über dem Kopf gelegen hat?", hakte er trotzdem nach.

Leif schaute ein wenig ratlos. „Na ja, halt so ziemlich genau wie bei dem Toten damals am Strand. Aber wenn sich schon einer die Mühe macht zu kopieren..."

„Okay", stimmte Petersen auch hier zu. „Aber wer hat das damals gesehen? Außer uns und den Kollegen, meine ich. Und der Schwester von Tiano, die ihn gefunden hatte. In der Zeitung stand damals nur etwas von einem Autoblech. Dass es ein Kotflügel war, wurde nicht erwähnt, und auch nicht, dass er über den Kopf gelegt worden war. Wir sollten daher im Moment lieber noch nicht ausschließen, dass es derselbe Täter war, nur diesmal vielleicht mit einer anderen Motivation."

Leif dachte einen Augenblick lang still nach. Dann nickte er zustimmend.

Sie überließen das Feld der Pathologin, die sich bis dahin geduldig zurückgehalten hatte. Mit schnellen, geübten Griffen untersuchte Dr. Tanja Steffens den toten Körper zunächst so, wie er dalag, drückte auf einige Leichenflecke und beobachtete die Reaktion. Dann drehte sie Peer mit Hilfe von Leif um und fuhr mit der Untersuchung fort.

„Mindestens 24 Stunden tot, aber weniger als 36", sagte sie, ohne den Blick von ihrem Tun abzuwenden. Sie war sich sicher, dass Petersen genau hinter ihr stand und genau das von ihr wissen wollte. „Einen exakteren Zeitpunkt dann gerne nach eingehender Untersuchung. Sofern die Axt da drüben die Tatwaffe ist, kam der Schlag wohl tatsächlich von links unten, wie Herr Hansen das gerade geschildert hat. Ein einziger Schlag. Sehr kräftig ausgeführt. Sehr präzise. Der Schädelknochen wurde davon aufgebrochen. Vermutlich war das augenblicklich tödlich. Falls Angehörige fragen: Er wird nichts gespürt und nicht gelitten haben. Sofern der Täter seine Position für die Tat frei hätte wählen können, würde die Positionierung links der Türöffnung auf einen Linkshänder hindeuten. Rechts der Tür war wegen der Kommode aber kein Platz. Doch trotzdem: Ein so präziser Schlag von einem Rechtshänder nach rechts rüber, das wäre schon erstaunlich."

Da Silva kam herein. „Wir haben den Wagen von Gunnar gefunden", berichtete er. „Steht unten am Yachthafen. Dort war sein Mobiltelefon zum letzten Mal eingeloggt, haben wir gerade erfahren. Gestern, kurz vor 13 Uhr. Hein ist hingefahren und hat sich umgeschaut. Der Wagen ist abgeschlossen, von Gunnar noch keine Spur. Hein hört sich in der Gegend um und beim Hafenmeister."

„Lass uns auch kurz hinfahren, ich möchte mir ein Bild machen", antwortete Petersen. „Hier sind wir ohnehin fertig."

Beim Hinausgehen blieb er kurz im Hausflur stehen und betrachtete das Schlüsselbord. Zwei Schlüssel für den Maserati hingen daran und einer, auf dem „Range Rover" stand. „Damit können wir dann auch schon im Wagen selbst nachschauen", lächelte er zufrieden, während er ihn an sich nahm.

Er gab dem Leiter der Spurensicherung, Frank Müller, Bescheid, dass es im Anschluss noch einen Range Rover am

Yachthafen zu begutachten gebe, und fragte nach ersten Erkenntnissen.

„Bislang nicht viel", war die Antwort. „Hinter dem Haus gibt es einen Platz zum Holzhacken, aber weder dort noch im angrenzenden Schuppen eine Axt. Vermutlich hat der Täter sie also von dort geholt. Eine kaum noch zu erkennende Trittspur führt von hinten, vom Wald her, dorthin. Den gleichen Weg ist jemand zurück gegangen, der aus Richtung Terrassentür kam. In beide Richtungen gibt es an einer aufgeweichten Bodenstelle einen nicht sonderlich deutlichen Fußabdruck. Starkes Profil, Größe 45 oder 46. Könnte beispielsweise vom Toten stammen. Wir prüfen das nachher noch."

Max Momsen, der Reporter, wartete noch draußen, als sie das Grundstück verließen. Petersen ging zu ihm hin.

„Wir können noch nicht mehr sagen, als Sie ohnehin schon wissen", erklärte er dem Zeitungsmann. „Der Amrumer Unternehmer Peer O. ist tot. Er fiel eine Gewalttat zum Opfer. Am Tatort gibt es zahlreiche Spuren, denen die Polizei jetzt nachgehen wird. Wenn Sie mir Ihre Karte geben, rufe ich Sie an, sobald wir Neues für sie haben."

Er steckte die Visitenkarte des Reporters in die Hosentasche, ohne einen Blick darauf zu werfen, und fuhr mit den Kollegen zum Yachthafen.

9

Der Range Rover war auf einem seitlichen Grünstreifen abgestellt. Neben einem Busch, der den Blick zum Hafen hin ein wenig abschirmte. „Absichtlich?", fragte sich der Kommissar. „Wollte er von dort nicht gesehen werden? Oder waren nur die näher am Hafen gelegenen Plätze belegt, und er hatte deshalb diesen gewählt? Oder wollte er gar nicht zu den Booten, sondern anderswo hin?"

Petersen zuckte mit den Achseln: Das waren im Moment noch zu viele Variablen für eine Antwort.

Hein kam im Laufschritt zu ihnen herüber. „Leider überhaupt nichts!", berichtete er etwas außer Atem. „Der Hafenmeister kennt Gunnar nicht. Ich habe ihm ein Foto gezeigt, aber weder er noch die fünf anderen Personen, die ich bei den Booten getroffen habe, erinnerten sich daran, ihn gestern oder heute gesehen zu haben."

Leif hatte sich inzwischen die Handschuhe übergestreift und war dabei, das Innere des Wagens zu untersuchen. Das Handschuhfach war bis auf ein Wartungsbuch der Werkstatt leer. Im Bodenraum des Beifahrersitzes stand eine Werkzeugtasche, sonst nichts. Die Rückbank war zur Ladefläche umgeklappt und leer. Wenn hier etwas transportiert worden war, dann war es jetzt nicht mehr da.

Die Ermittler zuckten mit den Schultern. Auch hier gab es für sie im Moment nicht mehr zu entdecken. Es war Zeit, die nächsten Verwandten zu befragen. Tiano bot an, mit ihnen zu kommen, aber Petersen fand es sinnvoller, dass er sie nur dort absetzte und dann nach Hause fuhr. Der Dienst heute war lang genug gewesen.

„Wir schlafen bei meiner Tante", erklärte er. „Von Maras Haus sind es nur ein paar hundert Meter dorthin. Das schaffen wir später zu Fuß."

Hein wollte den Rover-Schlüssel zur Spurensicherung bringen und dann ebenfalls nach Hause fahren. Sie verabredeten sich alle für den nächsten Morgen, acht Uhr, in der Polizeistation.

10

Christine fühlte sich müde und ausgelaugt. Die Gesellschaft ihrer Cousinen und der Wein taten ihr zwar gut und hatten den Schock in ihr gemildert. Aber sie war weiterhin verwirrt und fassungslos. Wer mochte ihren Bruder getötet haben? Und warum? Peer war ein unauffälliger, eigentlich recht freundlicher, wenn auch gleichgültiger Mensch, der keine Freunde, aber sicherlich auch keine Feinde hatte. Ganz anders als etwa ihr fieser Bruder Sven, nach dessen gewaltsamem Tod sie alle ein beträchtliches Vermögen geerbt hatten.

Während Christine nach diesem Erbe ihren Kellnerjob im „Jacobs" umgehend an den Nagel gehängt hatte, ignorierten Peer und Gunnar die neuen Lebensumstände mit beharrlicher Gelassenheit. Sie machten mit ihrem Fahrradverleih weiter wie bisher und überließen die Vermögensverwaltung ihrer kleinen Schwester.

„Komisch eigentlich, dass sie mit dem Fahrradverleih weitergemacht haben, wo Peer doch so ungeheuer faul zu sein schien", dachte Christine. Vielleicht war er am Ende ja doch ganz anders als es nach außen erschien?

„Unfug!", schalt sie sich für diesen Gedanken. Sicherlich war es wirklich nur die Trägheit der beiden, die hier offenkundig wurde. Peer und Gunnar hatten zwar ein anderes, schöneres und geräumigeres Haus bezogen. Doch in den 15 Monaten, die sie dort schon wohnten, hatten sie weder einen Tisch noch einen Stuhl darin umgestellt. Selbst die Bilder, die Sven wohl bei der Einrichtung dieses Ferienhauses hatte aufhängen lassen, waren bei jedem der seltenen Besuche von Christine noch dieselben. Nur dass alles im Haus und drum herum von Mal zu Mal ein wenig heruntergekommener wirkte. Trotz der säubernden Hand von Frau Sörensen.

Die Haushälterin hatten Christine und ihre Brüder ebenfalls von Sven übernommen – zusammen mit Häusern, Wohnungen, Autos und gut gefüllten Konten. Und mit Krediten, angesichts deren Höhe sie früher in haltlose Panik ausgebrochen wäre. Sven hatte jedoch ein perfektes Händchen für Immobiliengeschäfte gehabt, bemerkte Christine, als sie die Verwaltung übernahm. Alles finanzierte sich ganz wie von selbst.

Christine schaute auf die Uhr und wünschte sich, dass die Polizisten, die sie befragen wollten, bald kommen würden. Hoffentlich würde Leif dabei sein! Sie hatte ihn sofort gemocht, als er damals, nach dem Verschwinden von Sven, zum ersten Mal im „Jacobs" auftauchte. Danach hatten sie sich immer öfter getroffen und sich nach und nach richtig ineinander verliebt.

Aber die Treffen waren viel zu selten, um ihr Bedürfnis nach menschlicher Nähe und körperlicher Zuwendung zu stillen. Ihre Mutter war bei ihrer Geburt gestorben. Ihre wesentlich älteren Geschwister waren mit sich selbst beschäftigt. Und ihr Vater, an den sie sich nur als kranken Mann erinnern konnte, starb, als sie elf war. In der Pflegefamilie auf Föhr wurde sie freundlich behandelt und gut versorgt. Aber Wärme und Zuneigung oder gar Liebe erfuhr sie dort keine.

Die suchte sie seit langem in der Beziehung zu Männern, bisher aber immer vergebens. Meist machte sie sich schon nach wenigen Wochen auf die Suche nach größerer Wärme und mehr Innigkeit. Immer in der Hoffnung auf eine Liebe, die Mutter, Vater und Ehemann in einem war und die ungeheure Leere vergessen machen konnte, in der sie aufgewachsen war. Bei Leif spürte sie davon mehr als jemals bei anderen. Aber er war zu selten bei ihr. Und viele Nächte hintereinander allein verbringen? Da würde sie erfrieren.

Vor dem Haus fuhr ein Wagen vor. Autotüren schlugen zu. Christine wurde aus ihren Gedanken gerissen. Mara erhob sich vom Sofa und öffnete die Eingangstür. Hark Petersen und Leif Hansen waren bereits über den sanft geschwungenen, knirschenden Kiesweg des Vorgartens herangekommen und standen direkt vor ihr. Mit ihren Seesäcken über den Schultern sahen sie jetzt gerade so überhaupt nicht wie Polizisten aus. Eigentlich eher wie Seeleute auf großer Fahrt auf der Suche nach einer Bleibe für die Nacht.

Mara freute sich, dass es diese beiden Männer waren, die die Mordermittlung hier leiten würden. Sie waren ihr vertraut und sie mochte sie. Richtig gerne sogar.

11

Petersen betrachtete die junge Frau, die offenbar den Polizeiwagen gehört hatte und sie in der geöffneten Haustür erwartete. Fast hatte er vergessen, wie beeindruckend schön Mara war. Das ebenmäßige Gesicht mit seinen hohen Wangenknochen war von langem, dunkelbraunem Haar umrankt. Die großen dunklen Augen waren vom Weinen gerötet. Mara schaute ihnen in einer verblüffenden Mischung aus Trauer, Überraschung, Freude und Belustigung entgegen.

„Oh", sagte sie und zeigte auf die Seesäcke. „Wollt ihr hier übernachten?" Dann zögerte sie kurz und stotterte „Äh, also, ich meine, könntet ihr gerne! Ich habe jede Menge Platz".

„Oh, das ist lieb von dir, Mara", lächelte Petersen. „Wir übernachten ganz in der Nähe und haben unser Gepäck noch nicht hinbringen können. Dürfen wir reinkommen?"

Als sie das Wohnzimmer betraten schoss Christine an Petersen vorbei direkt in die Arme von Leif.

„Ich hatte so gehofft, dass du dabei bist", schluchzte sie.

Die ganze Anspannung der letzten Stunden brach mit Tränen aus ihr heraus, während sie sich an den jungen Polizisten schmiegte. Leif hielt sie nur halbherzig in den Armen und schaute mit einem verschämt entschuldigenden Blick zu seinem Chef. Genau das hatte der ihm vor nicht einmal zwei Stunden verboten.

Mit einem Achselzucken gab Petersen sein Okay. Er war kein Prinzipienreiter. Erleichtert schloss Leif seine Arme nun fest um die zierliche junge Frau, die er um gut einen Kopf überragte. Fast schien es, als versinke sie in ihm.

Auch Clara war vom Sofa aufgestanden, als die Polizisten hereinkamen. Petersen stellte sich ihr ganz formell mit „Kriminalhauptkommissar Hark Petersen" vor.

„Clara Ewalds", antwortete sie ebenso formell und reichte ihm die Hand.

Er stutzte kurz wegen des Nachnamens. Aber klar, natürlich hieß sie nicht Olufsen wie die anderen. Sie war ja eine „Halb"-Schwester von Mara. Bewusst war er ihr bislang nicht begegnet. Während der Mordserie an ihren Verwandten damals gastierte sie gerade als Schauspielerin an einer Bühne in München. Der Fall war aufgeklärt, noch bevor sie zurück war.

„Wasser? Wein? Oder lieber ein Bier?", fragte Mara, die sich neben Clara gestellt hatte, freundlich.

„Gerne ein Wasser", bedankte sich Petersen und schaute zu Leif. Christine hatte sich inzwischen aus der direkten Umarmung gelöst, schmiegte sich aber weiter an ihn und hielt fest seine Hand.

„Für mich auch gerne ein Wasser, vielen Dank!", lächelte Leif.

Mara holte zwei Gläser aus dem Schrank und goss ihnen ein. Petersen betrachtete die drei Frauen, die alle etwa Anfang 30 sein mussten. Sie sahen sehr verschieden aus, waren aber alle drei von auffallender Schönheit. Auch ihre verstorbenen Brüder waren sehr gutaussehend gewesen. Nur Peer und Gunnar hatten diese familiäre Eigenschaft nicht oder nur sehr eingeschränkt geerbt.

„Wir würden gerne einzeln mit euch sprechen, ist das möglich?", fragte der Kommissar an Mara gewandt, nachdem er sich für das Wasser bedankt und einen kräftigen Schluck davon getrunken hatte.

Sie bot ihnen Esszimmer oder Küche an. In beiden Räumen gebe es Tische, so dass sie bequem mitschreiben könnten, wenn sie dies denn wollten. Sie wählten die Küche.

Christine war die erste, die mit ihnen dort hinkam. Sie wollte Leifs Hand offenkundig noch auf keinen Fall loslassen. Das musste sie dann allerdings trotzdem, denn Händchenhalten bei einer Befragung... So viel Nachsicht brachte der Kommissar dann doch nicht auf.

„Wann hast du Peer das letzte Mal lebend gesehen?", begann er das Gespräch, nachdem sie Name, Geburtsdatum und Wohnort notiert und den Personalausweis fotografiert hatten.

„Das war am Montagmorgen", sagte sie. „So kurz nach zehn. Ich war beim Bäcker und habe dann noch kurz im Fahrradverleih reingeschaut, um den beiden ein Stück Kuchen zu bringen. Das hat sie immer gefreut."

„Und war irgendwas ungewöhnlich?"

„Eigentlich nicht. Sie waren wie immer. Oder, nein, doch nicht ganz. Gunnar wirkte ziemlich abwesend. Hat in den zehn Minuten, die ich da war, bestimmt dreimal auf die Uhr geschaut. Ein bisschen wie ein Kind, das an Weihnachten auf die Bescherung wartet. Den Kuchen hat er trotzdem ratzfatz verdrückt."

„Danach hast du beide nicht mehr gesehen?"

„Nein. Aber Carsten Meier hat Peer abends gegen halb acht gesehen. Er hätte ihn auf der Landstraße fast überfahren, sagt er. Peer kam mit dem Rad vom Smäswai her und hat nicht aufgepasst. Carsten hatte ihn wegen einem Bus, der ihm entgegen kam, auch erst spät gesehen." Leif schrieb alles in sein Notizbuch.

„Was hast du an diesem Abend gemacht?", wollte Petersen von Christine wissen.

„Ich war bis ungefähr sechs im Büro und bin dann direkt nach Hause. Das sind zu Fuß um die fünf Minuten. Bis kurz nach sieben, vielleicht halb acht habe ich mich auf die Terrasse in die Abendsonne gesetzt und ein bisschen was gelesen. Dann habe ich angefangen zu kochen." Sie blickte entschuldigend zu Leif bevor sie mit gesenktem Kopf weiter erzählte. „Halb neun ist Carsten zum Essen gekommen. Er ist über Nacht geblieben."

Leifs Hautfarbe nahm einen rötlichen Ton an und seine Augen schauten traurig. Aber er blieb stumm.

„Ist nichts Ernstes", sagte sie mitfühlend in seine Richtung. „Du weißt ja..."

„Wie ist dein Verhältnis zu Peer und Gunnar?" fragte Petersen schnell, um ein drohendes Abschweifen zu verhindern.

„Eigentlich ganz in Ordnung. Wir versuchen, nett und familiär miteinander zu sein. Sehen uns zu den Geburtstagen und so. Aber als Kinder und Jugendliche hatten wir so gut wie gar nichts miteinander zu tun. Nicht wie Geschwister sonst. Sie sind ja beide viel älter als ich. Ab elf war ich dann eh bei meiner Pflegefamilie auf Föhr. Da gab es jahrelang gar keinen Kontakt mehr. Erst seit Sven tot ist, haben wir richtig oft miteinander zu tun. Ich mache jetzt die Verwaltung für alle unsere Wohnungen und Häuser. Auch für die von Peer und Gunnar."

„Ist das das Büro, das du gerade erwähnt hattest? Was machst du denn da genau? Und wie viele Wohnungen sind es überhaupt?"

„Das Büro ist die frühere Immobilienverwaltung von Sven", berichtete Christine und schwenkte in einen geschäftsmäßig sachlichen Ton um. „Wir vermieten vor allem an Feriengäste, ein bisschen aber auch langzeitig an Inselbewohner oder Saisonkräfte. Zusammen haben wir 137 Wohnungen und 23 Einzelhäuser in der Firma. Etwa ein Drittel davon hier auf Amrum, die anderen auf Föhr. Sven hatte auch schon sehr stark nach Kiel und Hamburg expandiert. Aber das haben wir alles verkauft, um die Erbschaftssteuer zu bezahlen und die irren Schulden abzutragen. Fast überall waren Sondertilgungen möglich. Die Firmenleitung teile ich mir übrigens mit Henrietta Kaltenbach. Sie war schon bei Sven Buchhalterin gewesen und versteht natürlich viel mehr davon als ich."

Petersen war beeindruckt. Er hatte gewusst, dass Sven einer der erfolgreichsten Investoren der Insel gewesen war, aber dass er derart viel besaß, hätte er nicht im Traum gedacht. „Lag hier vielleicht das Tatmotiv für den Mord an Peer?", überlegte er und fragte dann laut „Was ist mit den Schulden? Ist die Firma gesund?"

„Wir haben inzwischen fast überhaupt keine Kredite mehr laufen. Gesund ist gar kein Ausdruck", lachte Christine. „Wir wollten darum jetzt auch Svens zweite Firma wiederbeleben, die Grundstücke gekauft und Häuser gebaut hatte. Mit dem Wohnraum auf Amrum ist das ja ein totales Drama. Für Insulaner und Saisonkräfte, meine ich. Wir haben schon mit allen Inselgemeinden gesprochen, welche unserer Grundstücke für einen solchen Wohnungsbau in Frage kommen. Die Bürgermeister sind total Feuer und Flamme."

„Gab es dagegen Gegner; könnte da ein Motiv liegen?", hakte Petersen sofort nach, aber Christine schüttelte den Kopf.

„Kann ich mir nicht vorstellen", sagte sie. „Das finden alle total klasse!"

„Könntest du dir sonst einen Grund vorstellen, warum Peer umgebracht wurde?", wollte der Kommissar wissen.

Sie schüttelte nochmals den Kopf. „Er hat nie jemandem etwas getan und garantiert keine Feinde. Ich verstehe das Ganze überhaupt nicht."

„Könnte es Gunnar gewesen sein?"

„Nie im Leben!", keuchte Christine entsetzt. „Gunnar könnte keiner Fliege etwas zuleide tun. Er ist unglaublich gutmütig! Außerdem waren sie wie Pech und Schwefel. Echte Brüder. Nicht so wie mit mir. Haben sich höchstens mal gestritten, wer nun mit welcher Arbeit dran war. Also, Gunnar war das auf keinen Fall! Und ich übrigens auch nicht, falls du das denken solltest!"

Petersen sah sie forschend an. „Aber du wirst jetzt noch einmal viele Millionen erben, oder nicht?"

Sie schaute traurig und auch ein wenig empört zurück. „Also wirklich Hark! Vor anderthalb Jahren war ich Kellnerin und hatte damit mein Auskommen. Heute verdiene ich an jedem einzelnen Tag des Jahres mehr als ich damals im ganzen Monat hatte. Glaubst du wirklich, noch mehr Geld könnte ein Motiv sein, den eigenen Bruder zu töten?"

Petersen schluckte sein „Das hab ich alles schon gesehen" herunter und lächelte sie nur milde an.

12

Clara war die nächste, die am Küchentisch platznahm. Sie hatte Peer schon seit gut einer Woche nicht mehr getroffen, sagte sie. Aber Gunnar.

„Er war Montag Mittag bei mir gewesen. Hat mir mein Fahrrad zurückgebracht. Die Gangschaltung war kaputt und er hatte sie in der Werkstatt repariert."

Ob er anders war als sonst?

„Ja, irgendwie schon. Deutlich anders sogar. Irgendwie aufgeregt und in Eile. Und ich hatte ihn am Morgen an das Fahrrad erinnern müssen. Das war sehr ungewöhnlich! Normal hätte er es längst von sich aus gebracht."

Ob sie den Grund dafür wisse?

„Nein, erzählt hat er nichts, und ich wollte auch nicht fragen. War ja seine Sache! Er ist dann nach einer knappen Stunde wieder los und hat sich seither nicht mehr gemeldet."

„Warum ist er überhaupt eine Stunde lang geblieben, wenn er in Eile war und auch nichts erzählen wollte?", fragte der Polizist.

Claras Gesicht rötete sich und sie schaute leicht verlegen von einem der Beamten zum anderen. „Haben sie Schweigepflicht?", druckste sie dann.

Petersen lachte: „Wir sind weder Pfarrer noch Ärzte. Wir machen alles öffentlich, was für den Fall relevant ist. Spätestens vor Gericht. Aber wir wahren natürlich das Dienstgeheimnis und tratschen nichts rum, was nicht an die Öffentlichkeit muss. Reicht Ihnen das?"

„Muss wohl", meinte Clara achselzuckend. „Es ist wohl auch ganz gut, wenn Sie Bescheid wissen. Aber es ist mir wichtig, dass weder Christine noch Mara noch sonst jemand auf der Insel davon erfährt: Wir waren miteinander im Bett."

Petersen schaute sie ungläubig an und beschimpfte sich sofort innerlich, seine Gesichtszüge einen Moment lang nicht im Griff gehabt zu haben. Leif schien es ähnlich zu gehen.

„Ach, kommen Sie, meine Herren!", sagte Clara verärgert. „So viel Erstaunen müssen Sie mir dann doch nicht zeigen!"

„Entschuldigung!", antwortete Petersen. „Das kam jetzt nur etwas überraschend. Ich meine, er ist Ihr Cousin. Und, ähm, was soll ich sagen... deutlich älter. Seit wann haben Sie ein Verhältnis mit ihm?"

„Ich habe kein Verhältnis mit ihm!", betonte sie brüsk. „Wir haben nur alle paar Wochen Sex. Dann, wenn mir danach ist."

Petersen schaute sie fragend an. Das „Warum Gunnar?" stand überdeutlich als Frage in seinem Gesicht.

„Gunnar ist sehr lieb und ein stattlicher Mann", sagte sie achselzuckend. „Er tut, was ich will, und lässt, was ich nicht will. Er steht jederzeit bereit und ist wieder weg, wenn ich es ihm sage. Er bedrängt mich nie und würde sich niemals trauen, mehr zu verlangen. Das ist in meiner jetzigen Situation ideal. Und so viel älter ist er denn ja wirklich nicht. Aber am Montag war er, wie gesagt, merkwürdig drauf. Da war ich fast schon beleidigt. Natürlich habe ich ihn gefragt, ob er jetzt eine Freundin hat. Aber das hat er abgestritten."

„Was ist denn Ihre *jetzige Situation*?" hakte Petersen nach.

„Über meine private Situation habe ich Ihnen gerade so viel gesagt, wie es Sie interessieren darf. Ich habe hin und wieder Lust auf Sex mit einem Mann, aber kein Interesse an den damit in der Regel verbundenen Verpflichtungen."

„Und beruflich?"

„Mein Beruf ist Schauspielerin. Ich hatte in den letzten zehn Jahren einige Dutzend Engagements auf der Bühne und beim Film. Das ist im Vergleich zum Durchschnitt wohl gar nicht mal schlecht. Eine wirkliche Hauptrolle habe ich aber noch nie bekommen. Vielleicht, weil ich zwar auf der Bühne alles gebe, aber nicht dafür, überhaupt erst eine Rolle zu bekommen. Vielleicht aber auch einfach nur, weil mein Typ nicht gefragt ist.

„Was machen Sie denn dann auf Amrum? Hier gibt es kein Theater. Wovon leben Sie?"

„Mein Vater hatte mich bereits in meiner Ausbildung finanziell unterstützt und auch danach. So war ich immer unabhängig. Als er starb, habe ich eine Menge geerbt. Seit dem Tod meiner Brüder bin ich sogar richtig reich und kann mich komplett auf das beschränken, wozu ich wirklich Lust habe. Und das ist im Moment vor allem ein Leben auf Amrum. Ich vermiete die Wohnungen und Häuser, die ich geerbt habe. Die Theaterbühne habe ich erst mal komplett an den Nagel gehängt. Aber nette Rollen im Fernsehen nehme ich hin und wieder noch gerne an."

Nach dieser Erklärung, die mehr Details offenbarte als er sich zu erhoffen gewagt hätte, wollte Petersen nur „routinehalber" noch wissen, was Clara den Rest des Tages gemacht hatte, nachdem Gunnar gegangen war. Und ob sie eine Idee habe, wer Peer umgebracht haben könnte.

Sie habe etwas gegessen, war die Antwort, und sei dann mit dem Fahrrad los, um ein paar der gerade frei gewordenen Wohnungen zu inspizieren. Zwischendurch eine Stunde ans Meer. Als es gegen Abend kühler wurde, war sie laufen gegangen. Vorbereitung auf den Insellauf am kommenden Samstag. Danach dann nur noch zuhause. Allein!

Wer Peer getötet hatte?

Dazu fiel ihr nichts ein. Wirklich überhaupt nichts!

Ob es vielleicht Gunnar gewesen sein könnte?

„Nie im Leben!", sagte sie nachdrücklich und ohne zu zögern. Gunnar sei harmlos wie ein Lamm und völlig antriebsschwach. Und man könne sich kaum ein innigeres Geschwisterverhältnis vorstellen als das zwischen Peer und Gunnar. „Das können Sie komplett vergessen!"

13

Mara bestätigte dies, als sie den Platz am Küchentisch mit Clara getauscht hatte. Gunnar kam auch für sie auf keinen Fall als Täter in Frage. Vielmehr machte sie sich Sorgen, dass er ebenfalls einem Verbrechen zum Opfer gefallen sein könnte.

Sie hatte Peer und Gunnar das letzte Mal am Samstag vor einer Woche im „Irrlicht" gesehen. „Da waren sie eigentlich immer, wenn was los war. Das lief dann auch immer ähnlich ab: Am Anfang suchen sie noch Kontakt zu Touristinnen. Grundsätzlich vergebens! Nach zwei oder drei Stunden haben sie dann meist schon so viel getrunken, dass ihnen alles egal ist. Ein paar weitere Stunden später wanken sie zu Fuß nach Hause. Das war auch beim letzten Mal so. Eigentlich sehr traurig!"

„Was hattest du im Irrlicht gemacht? Warst du allein da?"

„Das weißt du doch Hark", antwortete Mara überrascht, „ich mache da die Bar!"

„Du bist doch jetzt eine reiche Frau. Da jobst du immer noch?", wunderte sich der Kommissar.

„Ach, was heißt jobben. Das im Irrlicht macht einfach nur Spaß. Ich treffe so viele Leute! Manchmal bediene ich auch noch im Roten Hahn, wenn Moritz mal Unterstützung braucht. Ziemlich oft sogar. Warum nicht? Nichts mehr tun, was nach Arbeit aussieht, nur weil ich reich bin? Quatsch! Um meine Ferienwohnungen kümmert sich aber Christines Firma mit. Dazu habe ich nun wiederum überhaupt keine Lust!"

Ob Claras Wohnungen auch von Christine betreut werden?

„Ne, die macht alles selber. Außer putzen und Garten und so. Dafür hat sie Firmen."

Maras Tagesablauf am Montag?

„Lange schlafen, Frühstück, dann mit Frederik raus zum Segeln. Frederik Svalland. Kommt aus Dänemark und ist Segelschullehrer in Norddorf. Montags macht er meistens frei. Wir waren den ganzen Tag draußen. Frederik ist dann bis kurz nach Mitternacht geblieben."

Als letztes fragte Petersen Mara noch, ob Gunnar vielleicht eine Freundin habe.

Sie lachte überrascht auf: „Ne, das kann ich mir beim besten Willen nicht vorstellen. Hatte er seit Jahren nicht mehr. Das hätte sich auf der Insel wie ein Lauffeuer verbreitet."

14

Petersen und Leif reichte es für heute. Die Uhr zeigte fast eins, als sie sich ihre Seesäcke schnappten und durch die Terrassentür hinunter zum Meer gingen. Mara begleitete sie bis zu der kleinen weißen Bank, auf der sie so gerne saß. Ihr Grundstück grenzte direkt an den Strand. Sie umarmte die Polizisten zum Abschied.

„Keine Sorge, wenn du mich verhaften kommst, gibt es kein Küsschen", scherzte sie, als Petersen vor ihrer Umarmung ein wenig zurückwich.

Er lachte und gab ihr nun seinerseits auf jede Wange einen Kuss. Dann machten sie sich auf den kurzen Weg zum Haus von Tante Lizzy.

Der Mond stand wie im Bilderbuch als schmale Sichel am Himmel. Nur wenige tiefdunkle Wolkenfetzen zogen gemächlich an ihm vorbei. Das silbrigweiße Mondlicht reichte auch jetzt, zwei Tage nach Neumond, schon aus, den hellen Sand unter ihren Füßen zum Leuchten zu bringen. So fanden sie mühelos ihren Weg hinüber zum Schilfgürtel und durch ihn hindurch. Ein Stückchen weiter hellten Felder von Strandastern die Dunkelheit auf. In dieser Jahreszeit dominierten ihre Blüten bei Tag mit zartem Lila den Vegetationsgürtel zwischen Meer und Dorf. Jetzt, bei Nacht, schimmerten sie geisterhaft im sie umgebenden Dunkel. Geradeaus war der weiße Turm der Nebeler Kirche zu sehen. Sie folgten, stumm hintereinander gehend, dem schmalen Pfad durch Schilf und Blumen bis zum Waaswai und diesem dann am Öomrang-Hus vorbei bis zum Uasterstigh.

„Danke für deine Nachsicht mit Christine", sagte Leif unvermittelt, als sie am „Jacobs" vorbeikamen.

Hark nickte nur wortlos.

„Sie hätte mich heute Nacht gerne mit zu sich genommen", fuhr Leif fort.

„Ich weiß, dass du das auch gerne gehabt hättest", antwortete Hark, während sie am Kirchhof vorbeigingen. „Aber beim jetzigen Ermittlungsstand war es sicherlich die bessere Entscheidung, dass die drei Frauen die Nacht über zusammen bei Mara bleiben. Christine ist Haupterbin und hat möglicherweise kein Alibi."

Petersen war bewusst, dass sein Assistent unter Christines Verbindung zu anderen Männern litt und sich nun gerne als Zufluchtsort ins Spiel gebracht hätte. Aber als Chef konnte er das nicht zulassen. Das wusste auch Leif.

Tante Lizzys Reetdachhaus lag fast am Ortsende von Nebel. Als es in Sichtweite kam, wurde Hark warm ums Herz. Er liebte diesen Ort über alles. Das Haus am Waasterstigh und Tante Lizzy waren sein zweites Zuhause, seit er denken konnte. Und mehr noch als das. Sein „erstes Zuhause" hatte über die Jahre hinweg immer wieder gewechselt. Von der elterlichen Wohnung in Hamburg zog er in unpersönliche Zimmer, die seine Ausbildungs- und Jungpolizistenzeit begleiteten. Dann war „zuhause" für 20 Jahre das Haus in Kiel gewesen, in dem Freddy und er die Kinder großgezogen hatten. Und jetzt seit über vier Jahren war „zuhause" vor allem Husum. Doch in dieser ganzen Zeit blieben Tante Lizzy und ihr Haus am Waasterstigh die Konstante in seinem Leben. Wenn er das Wort „Heimat" einmal dachte, dann war das hier.

Mit ihren weichen Turnschuhsohlen schafften die beiden Polizisten es fast geräuschlos, an Tante Lizzys Schlafzimmerfenster vorbei ins Haus zu gelangen. Hark zeigte Leif sein Zimmer und musste lächeln. Lizzy hatte für Leif einen Schokobonbon aufs Kopfkissen gelegt. Noch so eine Konstante. Seit über 40 Jahren gab es jedes Mal so ein Betthupferl, wenn Hark zu Tante Lizzy kam. Er konnte sich hundertprozentig darauf verlassen, es gleich auch in seinem eigenen Zimmer zu finden.

15

Fünfeinhalb Stunden Schlaf waren arg wenig, aber zumindest war er tief und traumlos gewesen. Als Hark eine Minute vor dem Weckerklingeln die Augen aufschlug, fühlte er sich daher halbwegs erholt. Tante Lizzy war bereits in der Küche im Gange, als er aus seinem Zimmer kam. Er schlurfte zu ihr hinüber und gab ihr von hinten einen Kuss auf das fast vollständig ergraute Haar, das um diese Uhrzeit noch nachlässig zusammengebunden und ein wenig zerzaust war.

Er hatte nichts gesagt, aber seine Annäherung durch ein Räuspern deutlich hörbar gemacht. Tante Lizzy war zwar nicht schreckhaft, aber sie in ihrer frühmorgendlichen Entspanntheit zu überraschen, bot sich trotzdem nicht an. Vor zwanzig Jahren hatte er das ein einziges Mal versehentlich getan. Bei der ersten Berührung hatte sie ihm den Ellbogen so hart in den Solarplexus gerammt, dass er sich nicht mehr rühren konnte. Im annähernd selben Moment hatte sie sich umgedreht, seinen Kopf und Körper mit stahlharten Armen fixiert und ihr Knie erst im letzten Moment vor seinem Unterleib gestoppt.

„Oh, Hark, du bist es", hatte sie ganz ruhig lächelnd gesagt, kein Stück aufgeregt oder außer Atem, und ihm zärtlich über die Wange gestreichelt. „Besser, du machst dich bemerkbar, bevor du mich berührst."

Darauf achtete er seither mit höchster Zuverlässigkeit.

Als Hark aus dem Bad kam, saß Leif bereits mit Tante Lizzy am Frühstückstisch. Letzte Krümel auf seinem Teller zeigten, dass er bereits eine ansehnliche Portion Brötchen, Rührei und Speck zu sich genommen hatte. „Gutes Timing", dachte Hark und setzte sich an den Tisch, während nun Leif im Bad verschwand. Tante Lizzy sah ihn liebevoll an, während sie ihm ungefragt Zucker, Milch und Kaffee im genau richtigen Mischungsverhältnis in die Tasse füllte.

„War sicherlich ein harter Tag gestern", sagte sie mitfühlend und schob ihm eine Platte mit Rührei und Speck zu, die spielend für drei weitere Gäste gereicht hätte. Hark griff kräftig zu – wer wusste schon, wann es heute wieder etwas zu essen gäbe – und erzählte seiner Tante von den Ermittlungsergebnissen. Er besprach alles in seinem Leben völlig offen mit seiner Tante. Auch Dienstgeheimnisse. Er konnte ihr und ihrer Diskretion vollständig vertrauen.

Etwas lag ihm aber schon seit gestern Abend auf der Seele: „Ich hatte um 21:30 Uhr von dem Mord an Peer erfahren. Wann wusstest du Bescheid? Amrum ist klein. Zugegeben. Aber du hattest schon die Betten überzogen, als Leif mich informierte."

„Jetzt glaub' mal nicht an Hellseherei, mein Junge", lachte Lizzy. „Johanna Sörensen hatte den Peer ja gefunden und mich angerufen, noch während Christine die Polizei informierte. Wir sind zusammen im Trachtenverein. Sie ist ein wenig tratschig, musst du wissen. *Du, dein Neffe kommt heute noch zu Besuch* hat sie anstatt *Guten Tag* gesagt. Sie weiß, dass du damals wegen der Olufsen-Morde ermittelt hattest und war sich ganz sicher, dass du es sein würdest, der hierherkommt. Plietsch ist sie ja, das muss man ihr lassen!"

Fahrräder konnte Lizzy ihrem Neffen nicht leihen. Leider! Ihre beiden Wohnungen waren mit Feriengästen belegt, denen sie sie zur Verfügung gestellt hatte. Aber sie würde ihr Auto heute nicht brauchen. Der Fiat Panda sei zwar klein und alt, aber zuverlässig. Für den Weg zur Wache und Touren auf der Insel sehr brauchbar.

Pünktlich um acht Uhr kamen Hark und Leif in der Nebeler Polizeistation am Sanghughwai an. Sie war, hinter Bäumen verborgen, in einem ehemaligen Einfamilienhaus untergebracht. Es roch nach frisch gebrühtem Kaffee, als sie hereinkamen. Da Silva drückte ihnen nach der Begrüßung große Becher mit Amrum-Motiven in die Hand. Einen mit Leuchtturm für Hark, einen mit Quermarkenfeuer für Leif. Auf seinem eigenen war ein Seehund abgebildet.

„Können wir uns hier einen Arbeitsplatz einrichten?", fragte Petersen höflich.

„Klar doch!", antwortete der Leiter des Nebeler Polizeipostens. „Wir haben euch den Tisch da drüben schon freigeräumt. Der gleiche wie damals!"

Petersen war sich nicht sicher, ob das ein gutes Omen war. „Damals" war bei weitem nicht alles so gelaufen, wie er sich das gewünscht hätte. „Aber was soll`s", dachte er dann und schüttelte den aufkommenden Aberglauben ab.

Zur Dienstbesprechung setzten sie sich zu sechst an den großen Arbeitstisch, der, das war neu, formatfüllend mit einer Glasplatte bedeckt war. Darunter eine Karte der Insel und vom umgebenden Wattenmeer. Sehr praktisch, fand der Kommissar.

Die Spurensicherung hatte die Insel noch in der Nacht verlassen. Die Gerichtsmedizinerin war erwartungsgemäß schon deutlich vor ihr abgeflogen, zusammen mit dem Toten. Beide hatten einen ersten Bericht für etwa neun Uhr angekündigt. Vor Hein lag, wie immer, ein großes Blatt Papier, auf dem er die To-do-Liste notieren würde. Ganz oben stand schon die Befragung der Nachbarn um den Tatort und um den Fahrradverleih herum. Das wollten die vier Amrumer Kollegen übernehmen, wenn es der Mordkommission recht wäre. War es!

Die Mordermittler selbst wollten sich gründlich im Haus von Peer und Gunnar umsehen. Sie hofften, dort irgendwelche Hinweise zu finden. Parallel würde ihre Kollegin Ella sich vom Büro in Husum aus um richterliche Anordnungen für Kontoeinsichten, Handyverfolgung und ähnliches bemühen und diese Informationen gleich nach der Genehmigung einholen.

Bevor sie ausschwärmten, informierte Petersen die anderen noch kurz, was die Befragung der Frauen ergeben hatte. Viel war es ja nicht. Ob deren Alibis, so überhaupt vorhanden, zeitlich passten, würden sie erst nach dem Anruf der Gerichtsmedizinerin beurteilen können. Hein würde aber gleich schon mal mit den Freunden von Christine und Mara sprechen. „Getan ist getan!"

Die Spurensicherer hatten die Eingangs- und die Terrassentür von Peers Haus gegen unbefugtes Betreten mit Siegeln beklebt und die Schlüssel in den Streifenwagen gelegt, der am nahegelegenen Landeplatz zurückgelassen worden war. Nur einer von ihnen war erst einmal auf der Insel geblieben und hatte mit Gunnars Range Rover die 6-Uhr-Fähre nach Dagebüll genommen. Sie wollten ihn gründlich untersuchen.

Die Siegel waren unbeschädigt, als die Beamten mit dem Fiat Panda bei Peer vorfuhren. Gunnar war also nicht im Laufe der Nacht zurückgekehrt! Sie durchsuchten das Haus, die Schränke, die Schubladen. Es war überraschend wenig Persönliches zu entdecken. Ein einziges Fotoalbum stand im Bücherregal neben allerlei seichter Literatur, wie sie hier in jedem Ferienhaus zu finden war. Schwer zu sagen, ob die Bücher von Peer und Gunnar stammten oder schon bei deren Einzug da gestanden hatten. Das Fotoalbum enthielt nur einige Dutzend Bilder, überwiegend von Mitgliedern der Familie Olufsen. Auf einem davon erkannte Hark sogar sich selber. Da stand er mit Sven und Svenja Olufsen bei Tante Lizzy im Garten. Damals müssten sie so etwa zwölf Jahre alt gewesen sein.

In einem der beiden großzügigen Schlafzimmer im Obergeschoss, die jeweils mit einem breiten Doppelbett, aber nur einem einzigen Kissen und einer Decke darauf ausgestattet waren, entdeckte Petersen mehrere Fotos von Clara. Sie waren offenbar aus Fernsehzeitschriften und Plakaten ausgeschnitten worden und lagen unter einigen abgegriffenen Sexheftchen. Ob dies Peers oder Gunnars Zimmer war, ließ sich beim besten Willen nicht erkennen. Aufgrund von Claras Erklärung am Vorabend tippte er aber auf Gunnar.

Mehr gab die Besichtigung nicht her. Nicht einmal Geburtsurkunden oder Kontoauszüge waren zu finden. Sie hofften, im Fahrradverleih mehr zu entdecken. Ein Schlüsselbund mit einem Fahrrad als Anhänger fand sich an der Schlüsselleiste neben dem Eingang. Sie nahmen es an sich, schlossen die Tür hinter sich sorgfältig ab und klebten ein neues Siegel auf. Dann fuhren sie ins Dorf.

Unterwegs klingelte Petersens Handy. Die Nummer der Gerichtsmedizin. Neugierig nahm er ab.

„Der Tote starb um 20 Uhr, darauf geb' ich einen Schwur!", reimte es in Petersens Ohr hinein.

„Sandemann ist im Dienst zurück", flüsterte er Leif zu, der am Steuer saß, und grinste bitter.

„Aber das nur für den guten Reim", fuhr der Chefpathologe am anderen Ende ungerührt fort. „Tatsächlich müssen wir leider plus/minus eine halbe bis ganze Stunde annehmen. Todeszeitpunkt ist somit der Montagabend zwischen 19 und 21 Uhr mit Tendenz zu 19:30 bis 20:30 Uhr."

Das deckte sich mit Petersens Annahme, dass Peer gleich nach seiner Rückkehr von der Arbeit getötet worden war. Weder Clara noch Christine hatten für diese Uhrzeit ein Alibi. Das Alibi von Mara würde ihr Freund noch bestätigen müssen. Sein Wert wäre aber je nach dessen Verliebtheitsgrad zu bewerten. Auch sonst bestätigte Dr. Sandemann, was seine Kollegin schon vermutet hatte. Peer war durch einen einzigen, extrem heftigen Schlag ums Leben gekommen. Darüber hinaus zeigte der Körper keinerlei Auffälligkeiten.

„Der Tote war recht untrainiert, das hat ihn aber nicht geniert. Und rauchen tat er wie ein Schlot, doch brachte ihm nicht *das* den Tod."

Noch bevor Petersen eine genervte Bemerkung zu dem erneuten Gereime einfiel, hatte Sandemann aufgelegt.

Das Handy klingelte erneut. Die Spurensicherung hatte es während seines Gespräches mit der Gerichtsmedizin bereits einmal versucht. Sie hatte abgesehen von den Fußabdrücken hinter dem Haus wenig entdeckt. Schuhgröße 46. Nicht von den Schuhen des Opfers, aber durchaus ähnlich. Am Axtstiel gab es Fingerabdrücke von nur einer Person. Die gleichen Abdrücke fanden sich auch auf dem Kotflügel. Außerdem in Massen überall im Haus. Ebenfalls im Range Rover. Und sie stammten nicht vom Opfer. Sie waren also vermutlich vom Bruder. Ansonsten gab es im Haus viele Fingerabdrücke von Johanna Sörensen, zudem einige wenige von Christine Olufsen. Letztere ausschließlich im Eingangsbereich. Man hatte den beiden Frauen noch vor Petersens Eintreffen Fingerabdrücke abgenommen. Insgesamt wurde nicht ein einziger Abdruck gefunden, der nicht einer dieser vier Personen zuzuordnen war.

„Wenn Sie mich fragen, hatten die nicht viel Besuch", meinte der Spurensicherer.

Wie der Täter ins Haus gekommen ist, war nicht zu erkennen. Eingebrochen wurde nicht, und die Türen waren beim Eintreffen von Christine Olufsen abgeschlossen. Sagte diese zumindest. Der Kotflügel stammte von einem dunkelgrünen Volvo 850 Classic, bestimmt 20 Jahre alt.

„Rost und Lacksplitter der gleichen Art haben wir übrigens im Rover gefunden", endete der Spurensicherer.

Petersen wäre fast das Handy aus der Hand gefallen. „Was!", brüllte er. „Das sagen Sie erst jetzt! Mensch Müller, Sie haben ja wirklich ein Talent, alles gleichwertig zu berichten! Sonst noch eine Erkenntnis, die wichtig wäre?"

„Was wichtig ist, müssen *Sie* beurteilen. Das ist nicht mein Job", antwortete der Angebrüllte vollkommen ungerührt. „Im Haus haben wir nichts weiter entdeckt. Im Rover stand eine gut ausgestattete Werkzeugtasche. Nicht zu erkennen, ob etwas daraus fehlt. Die Ladefläche war runtergeklappt und leer. Sind schon eine Menge verschiedene Sachen drauf transportiert worden. Wann, lässt sich aber nicht sagen. Fingerabdrücke ausschließlich von einer Person. Die gleichen wie im Haus. Wir haben von dort noch Bürsten, Zahnbürsten et cetera für DNA-Proben mitgenommen. Das kann man sicherlich später mal brauchen. Und zwei Laptops, deren Passworte wir aber noch nicht geknackt haben."

Petersen bedankte sich, entschuldigte sich eher beiläufig für seinen Wutausbruch, sagte „versuch`s bei den Laptops mal mit den Geburtsdaten" und legte auf. Leif sah ihn neugierig an.

„Splitter vom Volvo-Kotflügel in Gunnars Wagen und Fingerabdrücke von Gunnar auf Axtstiel und Kotflügel", erklärte er, und Leif pfiff überrascht durch die Zähne.

„Wir machen aus der Suche nach ihm jetzt eine bundesweite Fahndung", beschloss der Kommissar und gab das sofort als Auftrag an Ella durch.

16

Christine war früh aufgestanden, obwohl sie noch bis zwei Uhr nachts mit ihren Cousinen zusammengesessen hatte. Es war gut, bei Mara übernachtet zu haben. Sie hätte diese Nacht nicht allein in ihrer Wohnung verbringen mögen. Und Leif hatte abgelehnt, mit zu ihr zu kommen, als sie ihm das als Frage ins Ohr geflüstert hatte. War er sauer wegen Carsten? Oder traute er sich nicht wegen seinem Chef? Könnte es sein, dass er sie sogar für verdächtig hielt? Wie auch immer, ein wenig traurig machte sie das schon. Sie hatte ihn wirklich lieb.

Die Kaffeemaschine in Maras Küche war dasselbe luxuriöse Modell, das auch in ihrer eigenen Küche stand. Und, wie sie wusste, auch bei Clara. Sven hatte davon mal ein ganzes Dutzend offenbar sehr billig gekauft und auf verschiedene Wohnungen verteilt. Eine Rechnung hatte sie dazu nie gefunden.

Gerade als ihr Cappuccino fertig war, kam auch Clara mit schlaftrunkenem Gesicht in die Küche. Mara würde hingegen, wie sie sie kannte, erst Stunden später aus den Federn klettern.

„Auch einen?", fragte sie ihre Cousine. Die nickte dankbar. Dann saßen sie eine Weile schweigend am selben Tisch, an dem vor wenigen Stunden die Vernehmung stattgefunden hatte, und hingen ihren Gedanken nach.

Christine sah auf die Uhr. „Ich fahr dann mal los, ins Büro", sagte sie.

Clara nickte und fragte „Musst du jetzt wirklich zur Arbeit?"

„Manfred wollte um halb zehn kommen und sich unsere Pläne für den Wohnungsbau zeigen lassen", erklärte Christine. „Du weißt, der Bürgermeister von Wittdün. Ich könnte ihm natürlich absagen, aber was soll's. Trübsal blasen hilft jetzt ja auch nicht weiter. Hast du Lust, heute Nachmittag auf einen Kaffee in meine Wohnung zu kommen? Dann können wir ja noch mal über alles sprechen. Vielleicht weiß die Polizei dann auch schon mehr."

Clara sagte „Gerne! Um halb drei?", und Christine machte sich auf den Weg. Das Taxi, das sie sich gerufen hatte, wartete schon.

17

Leif steuerte den kleinen Fiat direkt auf die Freifläche vor dem Fahrradladen. Mehrere Männer pressten dort ihre Nasen an die Scheiben. Sie hatten ungeduldige, genervte Gesichter und kamen sofort auf sie zu, als sie ausstiegen.

„Na endlich, das ist doch eine Zumutung!", schimpfte einer von ihnen. „Die Fähre wartet nicht auf uns!"

Das waren wohl Feriengäste, die ihre Räder zurückbringen wollten und dem „Nachtschalter" neben der Ladentür, einem einfachen Briefkasten mit dem Wort „Schlüsselrückgabe" darauf, nicht trauten. Andere Kunden waren da offenkundig weniger zurückhaltend gewesen. Ein gutes Dutzend Räder stand bereits kreuz und quer vor dem Laden.

„Hier wird wohl auf absehbare Zeit nicht mehr geöffnet werden", sagte Petersen freundlich und zeigte seinen Dienstausweis. „Lassen Sie doch bitte einfach Ihre Räder stehen und benutzen Sie die Schlüsselrückgabe."

„Etwa ohne Quittung?", japste einer der Männer entsetzt.

„Damit hat es auf Amrum noch nie Probleme gegeben", versicherte Petersen. „Und nun entschuldigen Sie uns bitte, wir müssen hier durch."

Damit schob er sich durch die verblüfften Feriengäste und Räder hindurch zur Eingangstür, probierte die diversen Schlüssel am Bund aus, fand schnell den richtigen und öffnete die Tür für Leif. Danach schlüpfte er selber hindurch und schloss demonstrativ hinter sich ab.

Den Weg zum Büro kannte er von ihren Recherchen vor anderthalb Jahren noch sehr gut. Seither hatte er diesen Fahrradverleih nicht mehr betreten. Hier war alles wesentlich schmuddeliger als im Wohnhaus der beiden. Frau Sörensen kümmerte sich offenkundig nur dort um die Ordnung.

Lange Reihen von Aktenordnern waren auf Regalbrettern aufgereiht. Petersen griff zielsicher nach einem mit der Aufschrift „privat". Er enthielt Sterbeurkunden von den Eltern und Geschwistern, Geburtsurkunden von Peer und Gunnar, einige notarielle Beglaubigungen. Nichts, was im Moment bedeutsam gewesen wäre. Auf zwei anderen Aktenordnern stand „Konto P" und „Konto G". Er nahm sie, drückte Leif das „P" in die Hand und schaute sich selber „G" an.

„Oha", entfuhr es ihm, als er den Ordner aufschlug. Christine hatte ja schon gesagt, dass die Geschäfte gut liefen. Aber das war wirklich eine Menge Geld. Er blätterte durch die gar nicht so vielen Seiten mit Kontoauszügen. Zu einem Grundstock bei Kontoeröffnung von 1,2 Millionen Euro waren jeweils am ersten eines jeden Monats genau 20.000 Euro hinzugekommen, die Christines Immobilienverwaltung überwiesen hatte. Abbuchungen gab es überhaupt keine. Der aktuelle Kontostand lag bei 1,52 Millionen Euro. Das Konto von Peer wies exakt die gleichen Buchungen auf.

„Die haben zusammen locker drei Millionen auf dem *Giro*konto", entfuhr es Leif, wobei er das „Giro" deutlich betonte.

„Auf einem Sparbuch hätten sie beim jetzigen Zinsniveau auch nicht mehr davon gehabt", fachsimpelte Petersen, der sich inzwischen wieder gefangen hatte. „Und zum Investieren waren sie offenbar zu faul."

„Moment!", zweifelte Leif. „ So viel Kohle, dabei sieben Tage die Woche zehn Stunden am Tag den Laden geöffnet? Und dann gelten sie als faul? Das passt nicht zusammen. Die könnten sich doch locker Angestellte hier reinsetzen und ihre Tage im Café verbringen!"

Petersen zuckte mit den Schultern. „Das müssen wir uns von Gunnar unbedingt erklären lassen, wenn wir ihn gefunden haben", grübelte er.

Inzwischen hatte er sich einen anderen Aktenordner mit Kontoauszügen aus dem Regal gezogen. Er trug die Aufschrift

„Sparkasse 2017" und zeigte deutlich mehr Bewegung als die beiden ersten Ordner. Das war offenkundig das Geschäftskonto, das fast täglich eine Plus-Buchung durch Bareinzahlung, EC-Karten-Eingänge und viele Ausgänge verzeichnete. Hier waren die Summen deutlich niedriger.

„Mir scheint, sie lebten nach wie vor ausschließlich von dem, was sie mit ihrem Fahrradverleih umsetzten", staunte er. „Außer dem Umzug an den Tanenwai und dass sie nun die Autos von Sven fuhren, haben sie überhaupt nichts geändert. Ich denke, ihre neue Situation hat sie komplett überfordert."

„Also aus Habgier hat Gunnar seinen Bruder jedenfalls ganz bestimmt nicht erschlagen", sagte Leif und runzelte die Stirn. „Einen Mord im Affekt können wir ebenfalls ausschließen. Die Tat war eiskalt geplant und ausgeführt. Aber was kommt dann überhaupt noch in Frage? Liebe? Sex? Geisteskrankheit? Was, wenn Peer dabei war, Gunnar seine Cousine auszuspannen? *Das* könnte passen! Oder es geht um eine ganz andere Frau. Offenbar hatte er am Montag ja noch etwas vor. Hat sich mit einer Frau getroffen, in die er sich verliebt hatte, sie eröffnet ihm, dass sie seinen Bruder liebt. Er rastet aus, fährt nach Hause und Peng!" Jetzt war Leif vor Aufregung die Röte ins Gesicht gestiegen.

Petersen musste über diesen Eifer fast lachen. „Gute Theorien", lobte er. „Aber für die aktuelle Beweislage vielleicht doch ein bisschen zu detailliert. Den Kotflügel bekommst du in dieser Spontanmord-Theorie vermutlich nicht ganz unter. Grundsätzlich könnte das jedoch die richtige Richtung sein. Wir sollten das im Auge behalten."

„Vielleicht hatte sie es ihm ja schon vor einer Woche gesagt, so dass er das mit dem Kotflügel vorbereiten konnte", schmollte Leif. „Und dann hat sie am Montag endgültig Schluss gemacht. Dieser Kotflügel deutet ja auch auf ein sehr schlichtes Gemüt hin: Uns mit so einem platten Ding auf die falsche Spur führen zu wollen, ist ziemlich einfältig gedacht!"

„Oder sehr klug", wandte Petersen ein. „Was, wenn unsere Volvo-Mörder zurück sind? Was, wenn sie immer noch die gleichen Motive verfolgen, uns aber von sich ablenken wollen, indem sie uns diesen Quatsch auftischen?" Dann stutzte er und lachte. „Ne, vergiss es, jetzt hebe ich selbst in eine verrückte Richtung ab."

Mehr Interessantes brachte die Untersuchung des Büros nicht zutage. Die Korrespondenz war ausschließlich geschäftlich. Hinweise auf Frauenbekanntschaften oder überhaupt private Bekanntschaften gab es nicht. Fahrkarten oder ähnliches, was auf Fluchtpläne hindeuten konnte? Alles Fehlanzeige! Es gab nicht einmal einen Terminkalender. Selbst im Computer nicht, der seinen gesamten Inhalt nach Eingabe von Gunnars Geburtsdatum preisgab.

Petersens Smartphone meldete sich. Es war Ella.

„Gunnars Handy war gerade online ", meldete sie sich, wie immer ohne jegliche Begrüßung. „In Norddorf. Zu kurz, um den genauen Standort festzustellen. Vermutlich so 200 Meter rund um den Minigolfplatz. Aber keine Garantie darauf."

Gunnar war also offenkundig noch auf der Insel, überlegte Petersen. Es war an der Zeit für eine größere Aktion.

„Wir müssen die Insel absuchen", sagte er und blickte auf die Uhr, die gegenüber dem Schreibtisch an der Wand angebracht war. 9:55 Uhr. „Sieh zu, dass du uns eine Hundertschaft schickst oder was auch immer du bei der Einsatzzentrale loseisen kannst. Am besten für die 13-Uhr-Fähre. Und sie sollen sofort so viele Leute wie möglich per Hubschrauber rüberbringen. In zivil. Und schick jemanden mit unserem BMW hier rüber. Im Moment fahren wir mit dem Auto meiner Tante."

Ella wartete eine Sekunde. „Das war`s, Chef?", fragte sie.

„Erst mal ja", antwortete er.

Sie legte grußlos auf. Er hatte einige Zeit gebraucht, sich an ihre nüchterne Art am Telefon zu gewöhnen, die so ganz im Gegensatz zu ihrem herzlichen persönlichen Umgang mit ihm und seinen Kollegen stand. Inzwischen wusste er sie aber zu schätzen. Es fokussierte automatisch auf das Wesentliche.

Petersen informierte Leif über die neuen Entwicklungen, dann rief er da Silva an und beriet sich kurz mit ihm.

„Alle Einsatzkräfte sofort nach Norddorf", beschlossen sie. Die Chance, Gunnar dort mit ihren gerade mal sechs Leuten zu finden, war eher gering. Aber es war trotzdem die beste Option, die sie im Moment hatten. Sie würden sich zwischen Dorf und Wald aufteilen.

„Ach, und noch eins", informierte ihn da Silva. „Fiete hat angerufen. Der arbeitet im Weinladen am Strunwai. Gunnar hat Montag gegen eins zwei Flaschen Champagner bei ihm gekauft. Er machte einen irgendwie abwesenden Eindruck auf ihn, meinte Fiete. So, als wäre er im Kopf ganz woanders. Hat bar bezahlt und keine Tüte gewollt, sondern die Flaschen gleich so mitgenommen."

Sie hatten den Fahrradverleih gerade verlassen, und Petersen war dabei, die Tür abzuschließen, als Leifs Handy klingelte. Christine! Sie klang sehr aufgeregt. Konnte kaum sprechen.

„Gunnar hat sich bei mir gemeldet", keuchte sie. „Er will sich mit mir treffen!"

„Hat er angerufen?", fragte Leif.

„Nein, per Whatsapp", antwortete sie. „Er will, dass ich zu ihm komme! 16 Uhr. Auf dem Parkplatz am Ortseingang von Norddorf."

„Was hat er genau geschrieben?", hakte Leif nach.

„Moment, da muss ich nachschauen. Ich ruf gleich wieder an", sagte sie und legte auf.

Während er auf den Rückruf wartete, informierte Leif seinen Chef. Der dachte kurz nach und wählte dann Ellas Nummer, während er Leif die Beifahrertür des Fiat aufhielt und mit einer Kopfbewegung zum Einsteigen aufforderte.

„Chef?", meldete sich seine Assistentin beim ersten Klingeln.

„Blas die Hundertschaft wieder ab", wies er sie an, „stattdessen so viele zivile Beamte, wie du für eine Observation kriegen kannst. Frau mit Kinderwagen, turtelndes Paar, jung gebliebene Rentner... Das volle Programm, um unauffällig einen größeren Platz zu überwachen. 13-Uhr-Fähre! Wer die nicht schafft, muss mit dem Hubschrauber hergebracht werden. Um 14:45 Uhr müssen alle am Fähranleger Wittdün sein. Fragen?"

„Nö", sagte Ella und legte auf.

Gerade als er auf den Fahrersitz stieg, wo Leif schon den Zündschlüssel ins Schloss gesteckt hatte, meldete sich Christina bei Leif zurück. Leif schaltete auf Lautsprecher, so dass auch Petersen mithören konnte „Der genaue Wortlaut ist *Hab Mist gebaut! Brauch dich! 16 Uhr. Oberer Parkplatz Ortseingang Norddorf. Sag`s keinem! Bitte!* Dahinter hat er noch ein weinendes Smily und ein Bittende-Hände-Emoji gehängt. Leif, ich fühle mich gar nicht wohl dabei, ihn zu verraten! Er ist mein *Bruder*!"

„Das kann ich gut verstehen, Christine, aber du hast genau das Richtige getan, uns Bescheid zu sagen", beruhigte Leif sie. „Hast du ihm schon geantwortet?"

„Ja, ich habe geschrieben, dass ich komme und dass er keinen Mist machen soll und dass es für alles eine Lösung gibt. Aber er ist schon wieder offline. Hat meine Nachricht nicht gelesen." Sie weinte jetzt.

„Ganz ruhig Christine, du hast alles richtig gemacht", bestätigte ihr nun auch Petersen, der den Fiat gerade auf die Landstraße nach Norddorf steuerte. „Wir würden ihn ohnehin bald ausfindig gemacht haben. So wird es auch für ihn sicherlich leichter."

„Soll ich mich denn tatsächlich mit ihm treffen?", fragte Christine zaghaft.

„Wenn du dazu bereit bist, wird uns das die Arbeit vermutlich deutlich erleichtern", erklärte Petersen. „Aber wenn es dir schwerfällt, wird es auch ohne dich gehen. So oder so werden wir den Parkplatz und die Umgebung überwachen und ihn festnehmen, sobald er auftaucht. Es ist ganz allein deine Entscheidung!"

„Dann mache ich das", druckste Christine nach kurzem Nachdenken. „Sicherlich wird es leichter für ihn, wenn ich auch da bin." Es folgte noch ein kleinlautes „Auch wenn ich ihn verraten habe".

„Gut", antwortete Petersen. „Dann holt Leif dich um 15 Uhr bei dir in der Wohnung ab und bringt dich nach Norddorf. So könnt ihr euch noch in Ruhe besprechen und auf das Treffen vorbereiten."

Christine stimmte zu und entschuldigte sich. Sie müsse jetzt wieder in die Besprechung mit dem Bürgermeister. Auch wenn es ihr wirklich schwerfalle, jetzt mit der Arbeit weiterzumachen.

18

Das Ausschwärmen in Norddorf brachte rein gar nichts. Mit so wenigen Beamten hatte Petersen das auch nicht wirklich erwartet, selbst wenn der, den sie suchten, mit seinen 1,95 Metern durchaus aus der Masse herausragen würde.

Jette Schröder, die junge Saisonkollegin, war mit dem Fahrrad durch den Wald nach Norddorf geradelt und hatte dabei gleich mehrere Waldwege mit abgesucht. Leon Brandt hatte, ebenfalls mit dem Rad, den Weg von Nebel am Watt entlang genommen und war ihm bis zur Odde ganz im Norden gefolgt. Er ging dann zu Fuß am Strand auf der Seeseite entlang an Norddorf vorbei bis zum Dünenaufgang und von dort aus in Richtung Minigolf-Anlage. Hein war den asphaltierten Weg von Nebel nach Norddorf geradelt und hatte den Osten des Dorfes abgesucht. Da Silva war mit dem Streifenwagen über die Landstraße gekommen und suchte Norddorfs Westen bis hinunter zum Strand ab. Überall sprachen sie mit Passanten, zeigten ihnen Fotos von Gunnar. Aufgefallen war er niemandem.

Hark und Leif hatten sich am Parkplatz am Ortseingang getrennt. Während Leif den Wald abseits der Wege durchstreifte, suchte sein Chef die Dünen ab und bezog auch den Bohlenweg hinauf zur Aussichtsdüne mit ein, von wo aus er weite Teile der Landschaft überblicken konnte. Aber als sie alle um 12:30 Uhr wie verabredet vor dem Restaurant „Anker" wieder zusammentrafen, hatte keiner von ihnen auch nur den geringsten Erfolg zu vermelden.

„Wie vom Erdboden verschluckt", stellte Hein resigniert fest.

Da Silva hatte für sie einen Tisch im „Anker" reserviert. Das Restaurant hatte seine drei Jahre jüngere Schwester Albertina von den Eltern übernommen. In den 1960er Jahren war ihre Mutter aus Brasilien und ihr Vater aus Spanien nach Amrum gekommen, wo sie sich als Servicekräfte in einem Hotel lieben lernten und wenig später ihr erstes eigenes kleines Restaurant eröffneten.

„Mit diesem Restaurant haben sie sich fest auf der Insel verankert, daher der Name", hatte Tiano einmal erzählt. Neben den typischen Amrumer Gerichten konnten die Gäste im „Anker" auch aus einer kleinen Auswahl an spanischen Spezialitäten wählen. Besondere Empfehlungen waren Tapas und Paella.

Albertina begrüßte die Beamten aufs Herzlichste. Die stattliche Frau hatte den dunklen Teint und das brasilianische Temperament ihrer Mutter geerbt, während der ein wenig hellere und deutlich zurückhaltendere Bruder eher nach dem Vater zu kommen schien. Das volle, tiefschwarze Haar beider Geschwister wurde seit einigen Jahren durch erste graue Schattierungen aufgehellt. Albertina trug ihres als prächtig wallende, wild gelockte Mähne weit mehr als schulterlang, während das von Tiano zu einem Kurzhaarschnitt mit schnurgerade gezogenen Kanten geschnitten war. Albertina war, wie fast immer, in ein Dirndl gekleidet, was so gut zu ihrem Typ passte, dass kaum einmal jemand darüber stutzte, solch ein Kleidungsstück auf Amrum zu sehen.

„Ah, Christiano, ich habe euch eine kleine Feijoada vorbereitet", lachte sie ihren Bruder an, während sie ihn kräftig an sich drückte. Sie und ihre Eltern waren sicherlich die einzigen auf Amrum, die Tiano bei seinem richtigen Vornamen nannten.

Auch die fünf anderen Gäste wurden herzlich gedrückt, bevor sie platznehmen durften. Es dauerte keine fünf Minuten, bis der Tisch mit dampfenden Schüsseln voller unterschiedlicher Speisen vollgestellt war. Die Mitte nahm eine große Terrine mit der dunkelbraunen Feijoada ein. Albertina hatte das brasilianische Nationalgericht aus schwarzen Bohnen üppig mit gedörrtem, gepökeltem und frischem Fleisch angereichert und auch Speck und Würste mit hineingeschnitten. Hark roch Knoblauch, Thymian und Lorbeer aus dem Eintopfgericht heraus. Auch Chili hatte Albertina mitgekocht. Aber nur ein wenig. Mehr Schärfe durfte sich jeder Gast selbst mit den „Molhos" dazugeben. Albertina hatte auch diese Saucen selbst hergestellt, aus eingelegten Chilis, Knoblauch, Ingwer, Koriander, Limettensaft und manchem mehr, das Hark nicht herauszuschmecken vermochte.

Um die Terrine herum wurden die obligatorischen Zutaten aufgereiht: geröstetes Maniokmehl, körniger Reis, geschmorte Kohlblätter und Orangenfilets. Außerdem noch die unterschiedlichsten Gemüse. Das konnten sie zu sechst wirklich nicht alles aufessen. Aber sie gaben ihr Bestes, denn so gut hatte ihnen schon lange nichts mehr geschmeckt. Als Getränk wählten sie alkoholfreies Weizenbier. Beim Servieren dieser typisch bayerischen Spezialität kam Albertinas Dirndl noch einmal besonders gut zur Geltung.

Neben immer erneutem Schwärmen über das Essen drehte sich das Tischgespräch natürlich vor allem um Gunnar. So recht konnte sich keiner von ihnen vorstellen, dass er seinen Bruder kaltblütig berechnend erschlagen haben sollte. Andererseits sprachen die Fingerabdrücke auf der Tatwaffe und sein merkwürdiges Verhalten am Tag der Tat, vor allem aber die Lacksplitter in seinem Kofferraum, sein spurloses Verschwinden und seine Nachricht an Christine unübersehbar dafür.

Sie hofften, ihn am Nachmittag mit Hilfe der Festlandskollegen stellen zu können. *Selber* konnten sie Gunnar auf dem gut zu überblickenden Parkplatz nicht unbemerkt auflauern. Er kannte jeden Einzelnen von ihnen. Aber mit den verdeckten Ermittlern könnte das sicherlich klappen. Es würden insgesamt zwölf Kollegen sein, die da mit zwei Kleinbussen anreisten. Das hatte Ella telefonisch durchgegeben, sobald die Polizisten auf der Fähre waren. Den BMW hatte ein Kollege aus dem Husumer Team auf der Fähre abgestellt. Einer der verdeckten Ermittler würde ihn vom Schiff herunterfahren. Er hatte die Schlüssel bekommen.

Als Dessert brachte ihnen Albertina einen „Pudim de Coco", einen brasilianischen Kokospudding. Natürlich ebenfalls nach Originalrezept selbst gekocht. Dazu gab es Ananas-Stückchen. Eigentlich waren sie ja schon vollständig satt, aber die exotische Nachspeise war nicht so üppig wie befürchtet und rundete zusammen mit einem Espresso das Menü wunderbar ab.

Petersen brachte das Gespräch noch einmal auf den Kotflügel. „Wer außer uns wusste von der Automarke, der Farbe und wie die Kotflügel über die Opfer gelegt worden waren?", fragte er.

Die Saisonkollegen zuckten mit den Schultern: Im letzten Jahr hatten hier Marie Krawinkel und Björn Niemann den Saisondienst geleistet. Sie selbst waren da noch in der Ausbildung gewesen. Tiano und Hein hatten mit ihren Angehörigen über den Fall, aber nicht über solche Details gesprochen. Leif mit niemandem (nein, auch mit Christine nicht!) und Petersen selbst nur mit dem Staatsanwalt. Blieben also noch die Spurensicherung und Gerichtsmediziner Dr. Sandemann, die alle der Schweigepflicht unterlagen.

„Und Albertina", ergänzte Tiano. „Sie hatte damals einen der Toten gefunden."

Er ging zu seiner Schwester und sprach kurz mit ihr. Albertina dachte eine ganze Minute lang nach, dann schüttelte sie den Kopf. Tiano kam an den Tisch zurück.

„Nein, über dieses Detail hat sie nicht mal mit Dirk, ihrem Mann, gesprochen", berichtete er.

„Dann haben wir es hier entweder mit einem Zufall oder mit Täterwissen zu tun", folgerte Petersen. „Das müssen wir im Auge behalten, denn an Zufälle glauben wir laut kriminalistischem Lehrbuch nicht. Gunnar kann von dem Kotflügel nichts gewusst haben. Auf keinen Fall im Detail! Wenn er der Täter ist, war er es vielleicht nicht allein."

Da Silva blickte auf die Uhr. In zwanzig Minuten würde die Fähre ankommen. Es war höchste Zeit aufzubrechen. Eine Bezahlung für das Essen lehnte Albertina rundweg ab.

„Das steht doch nicht einmal auf der Karte", sagte sie nachdrücklich. „ Nein, nein, das war ein Essen für die Familie und gute Freunde."

Dann drückte sie alle noch einmal herzlich zum Abschied an ihre Brust und blieb winkend in der Restauranttür stehen, bis die Polizisten aus dem Blickfeld verschwunden waren.

19

Die Fähre war überpünktlich. Das erste Auto rollte bereits von Bord, als die zwei Streifenwagen mit Blaulicht entgegen der Einbahnstraße ganz nach vorne zum Anleger fuhren, den kleinen Fiat Panda zwischen sich. Sie machten einen Bogen in die Busspur hinein. Hein blieb noch einen Augenblick mit angeschaltetem Blaulicht vorne stehen, wo die vom Schiff kommenden Kollegen ihn gleich sehen konnten. Dann schloss auch er zu den anderen auf. Leif, Jette und Leon waren schon am Verwaltungsgebäude aus den Wagen gesprungen und hatten sich strategisch dorthin verteilt, wo sie Platz und Zufahrt überblicken konnten. Es wäre doch zu dumm gewesen, wenn Gunnar hier irgendwo gestanden und unbemerkt alles beobachtet hätte.

„Das nächste Mal kommen wir früher und weniger auffällig", notierte Petersen in seinem geistigen Kritik-Heft. Aber keiner nahm ernsthaft an, dass Gunnar sich zurzeit am Anleger aufhalten würde.

Die zivilen Kollegen sahen wirklich zivil aus. Hätte er es nicht gewusst, Hark hätte keine Polizisten in ihnen vermutet. Sie gehörten allen Altersstufen an, vom Jungpolizisten bis zum Fast-Pensionär. Auch vom Typus her waren sie ausgesprochen unterschiedlich. Die „Mutter" nahm ihr Baby aus dem Kinderwagen. Es hatte angefangen zu schreien.

„Es sieht ungeheuer echt aus", bemerkte Petersen.

„Es ist echt!", gab sie lachend zurück. „Ich bin nur Spähtrupp und werde auf keinen Fall beim Stellen des Täters mitwirken!"

Als erstes wurde ein Foto des Gesuchten auf die Smartphones der Einsatztruppe geschickt. Dann zeigte Hein allen auf einer detaillierten Inselkarte, die er auf der Motorhaube des Streifenwagens ausgebreitet hatte, wo der zu überwachende Ort war und wie man dahin kam.

Sechs Beamte würden im Abstand von fünf Minuten mit ihren Kleinbussen auf den Parkplatz fahren. Einer würde auf dem oberen, einer auf dem unteren Segment parken. Die anderen sechs Zivilen würden den Bus nach Norddorf nehmen und von der Endstation aus zu Fuß zum Parkplatz schlendern. Vor Ort wollten sie sich über Funk über die genaue Verteilung absprechen. Mützen, lange Haare, beim „Jugendlichen" auch ein gigantischer kabelloser Kopfhörer, verbargen die eingesetzten Ohrstöpsel.

Hark selbst wollte mit Tante Lizzys Auto oberhalb des Parkplatzes in den Halemwai fahren. Von dort aus könnte er weite

Flächen des Parkplatzes überblicken, ohne entdeckt zu werden. Und sollte Gunnar aus dieser Richtung kommen, würde er ihn gleich dort verhaften können.

„Das gilt übrigens für alle", erklärte er in die Runde. „Wir müssen hier nichts abwarten. Wer ihn sieht und nahe genug dran ist, nimmt ihn fest."

„Sie natürlich nicht", fügte er mit einem lächelnd-besorgten Blick auf die Mutter hinzu. Dass ein echtes Baby hier mit reingezogen wurde, behagte ihm gar nicht.

Dann wurde noch ein Bild von Christine in die Runde gezeigt.

„Mit ihr ist der Gesuchte dort verabredet", führte Petersen aus. „Sie arbeitet mit uns zusammen und muss auf jeden Fall geschützt werden! Ist das klar?"

Alle nickten. Christine sollte zusammen mit Leif in ihrem Porsche nach Norddorf fahren, Leif aber in sicherer Entfernung vom Parkplatz absetzen. Er würde danach durch den Wald gehen und südlich der Minigolfanlage Position beziehen. Dort könnte er Gunnar abfangen, sollte er in diese Richtung fliehen.

„Jetzt brauchen wir nur noch ein bisschen Glück", sagte Hark zuversichtlich. Sie strömten auseinander.

20

Christine war die letzten Stunden extrem unruhig gewesen und wirklich froh, als Clara, wie am Morgen versprochen, um kurz nach halb drei bei ihr klingelte. Leif würde bald kommen, aber es war gut, bis dahin nicht allein zu sein. Es machte ihr ungeheuer zu schaffen, ihren Bruder auf diese Weise zu verraten. Andererseits: Wenn er Peer tatsächlich getötet hatte, dann sollte er sich wirklich lieber mit der Polizei treffen als mit ihr. Hinterher könnten sie dann ja immer noch über alles reden. Und wenn er es nicht war, was sie eigentlich immer noch glaubte, steckte er in anderen Schwierigkeiten. Auch dann wäre dieser Weg sicherlich der bessere, auch wenn er es ihr gewiss übelnehmen würde.

Sie hatte die Cousinen nicht sofort unterrichtet, als Gunnar sich gemeldet hatte. Da war ja erst noch die Besprechung über das Bauvorhaben in Wittdün gewesen, die bis in die Mittagszeit hinein gedauert hatte. Danach war sie nach Hause gegangen und musste unbedingt erst mal etwas essen und eine Weile vom Balkon aus ruhig vor sich hin auf den Kniepsand starren. Erst dann sendete sie die Nachricht an Clara und Mara, dass Gunnar noch lebte und sich mit ihr treffen wolle. Die Einzelheiten schrieb sie dabei nicht.

Clara war inzwischen durch das Treppenhaus herauf gekommen und nahm Christine zärtlich in den Arm. „Schön dich zu sehen", sagte sie.

Die beiden gingen gemeinsam hinaus auf den riesigen sonnenbeschienenen Balkon, von dem aus man den weiten Blick hinaus über Strand und Meer genießen konnte, ohne von unten gesehen zu werden. Sven hatte diese Wohnung gleich für sich reserviert, als er die damals sehr heruntergekommene Villa an der Oberen Wandelbahn gekauft und renoviert hatte. Sie nahm das gesamte obere Stockwerk ein.

Diese Villa war Svens erstes Bauobjekt überhaupt gewesen, und er war Zeit seines Lebens hier wohnen geblieben. Nach seinem Tod hatte Christine diese Wohnung für sich selbst ausgesucht, auch wenn ihr am Anfang nicht ganz wohl dabei war. Aber sie hatte alle persönlichen Gegenstände des ungeliebten und furchteinflößenden Bruders sofort entsorgen lassen, so dass jetzt nichts mehr wirklich an ihn erinnerte. Das hatte geholfen.

„Soll ich uns einen Cappuccino machen?", fragte Clara, noch bevor sie sich gesetzt hatten.

Christine antwortete mit einem höflichen, aber nicht sehr überzeugend klingenden „Das kann ich doch machen." In Wirklichkeit war sie froh, dass die Cousine das übernahm. Sie ließ sich wieder in ihren Balkonsessel sinken.

Mit der Profi-Kaffeemaschine, mit der sie sich bestens auskannte, brauchte Clara keine fünf Minuten, dann kam sie mit den perfekt geschäumten Milchgetränken wieder heraus. Sogar Kakaoherzen hatte sie darauf gestreut.

„Gunnar hat dir geschrieben, dass ihr euch treffen wollt?", eröffnete sie das Gespräch, nachdem sie sich wieder gesetzt hatte. „Wann, wo und wie?"

Christine berichtete von der Whatsapp-Nachricht und dass Gunnar ihre zustimmende Antwort darauf immer noch nicht gelesen hatte. Der Kaffee tat ihr gut. Sie war von der langen vorangegangenen Nacht doch recht müde und würde bald mit Leif aufbrechen müssen, wie sie Clara nun berichtete.

„Ach, du hast tatsächlich die Polizei eingeweiht?", staunte sie.

„Findest du das falsch?", fragte Christine beunruhigt.

Clara überlegte kurz. „Nein, ich glaube das war total richtig", sagte sie dann und trank mit sichtlichen Genuss ihren Cappuccino.

Es klingelte. Mit einem „Das wird Leif sein!" ging Christine zur Tür, kam eine Minute später aber mit Mara zurück, die ebenfalls Näheres über die Nachricht von Gunnar hören wollte.

„Auch einen Cappuccino, Schwesterherz?", fragte Clara sie.

Mara wollte lieber einen Tee. „Gerne mit Milch und etwas Süßstoff, wenn das für dich okay ist", rief sie ihrer Halbschwester noch hinterher.

Wenige Minuten später wägten dann alle drei das Für und Wider ab, die Polizei eingeschaltet zu haben. Christine wurde dadurch zu ihrer eigenen Überraschung schnell ruhiger. Aber der Cappuccino hatte überhaupt nicht gewirkt. Sie fühlte sich plötzlich hundeelend und noch weit müder als zuvor. Wo Leif nur blieb...

Doch da klingelte es auch schon. Zum Glück! „Das wird er nun aber wirklich sein!", sagte sie und ging, nein taumelte fast zur Tür. Sie öffnete und wartete am Rand der Treppe auf ihn.

Der Schwindel hatte weiter zugenommen, sie hielt sich nun mit beiden Händen am Geländer fest.

„Was zum Teufel ist nur mit mir los?", fragte sie sich. Dann wurde ihr schwarz vor Augen und sie brach zusammen.

Leif konnte die junge Frau gerade noch abfangen, bevor sie die Treppe hinunter gestürzt wäre. „Christine! Christine!", rief er. Doch sie zeigte keinerlei Reaktion. Ihr Atem ging langsam, dabei zum Glück beruhigend gleichmäßig. Immerhin!

Leif trug Christine durch den Flur ins Wohnzimmer und legte sie auf den flauschigen, dunkelblauen Teppich. Der Puls fühlte sich schwach an, aber er flatterte nicht. Leif wählte die 112 für den Notarztwagen. Dann brachte er Christine in eine stabile Seitenlage, um sicherzustellen, dass sie nicht erstickte. Erst danach griff er erneut zum Handy und informierte seinen Chef.

21

Petersen war noch nicht ganz bei seinem Beobachtungsposten angekommen, als Leif sich meldete.

„Christine ist zusammengebrochen!", keuchte sein Assistent. „Bewusstlos! Zeigt überhaupt keine Reaktion mehr! Ich habe den Notarzt gerufen. Wir werden auf keinen Fall zum Parkplatz kommen können."

„Seid ihr noch in der Wohnung?", fragte Petersen.

Leif bejahte.

„Sonst noch jemand dort?", fragte der Chef.

Leif stutzte. Er war so auf Christine konzentriert gewesen, dass er für den Rest der Wohnung noch keinen Blick übrig gehabt hatte. Ganz kurz hatte er die Vision, wie Gunnar gerade mit erhobener Axt hinter ihm stand. Er schreckte hoch, doch da war kein Gunnar. Aber er bemerkte, dass jemand im Sessel auf dem Balkon saß. Auch wenn nur ein Teil eines Hinterkopfes über die Sessellehne herausragte, erkannte er darin sofort

Mara. Und jetzt hörte er sie auch. Sie plapperte ohne Punkt und Komma vor sich hin. Er sagte es seinem Chef.

„Geh hin, aber sei auf der Hut", befahl dieser. „Nimm deine Waffe in die Hand. Dezent! Nicht gleich damit auf sie zielen! Stell auf Lautsprecher, damit ich mithören kann!"

Leif schlich vollkommen geräuschlos auf die geöffnete Balkontür zu und blickte hinaus. Die Szene, die er vor sich sah, war beunruhigend, aber nicht bedrohlich. Direkt neben der Tür saß Mara mit dem Rücken zu ihm und plapperte unentwegt auf die ihr gegenübersitzende Clara ein, die mit geschlossenen Augen in ihrem Sessel zusammengesunken war und keinerlei Reaktionen zeigte. Die drei Frauen hatten ganz offenkundig hier gesessen und Kaffee getrunken, als er geklingelt hatte. Drei leere Tassen auf dem Tisch und ein Teller mit Keksen deuteten darauf hin.

Mara trug ein enges T-Shirt und eine ebenso enge Hose. Nichts, worin sich eine Waffe hätte verbergen können. Außerdem würde er von ihr wirklich keinen Angriff erwarten, auch wenn der Chef zur Vorsicht gemahnt hatte. Er steckte seine Pistole ins Halfter zurück, bevor er sich mit einem „Hallo Mara" bemerkbar machte, zu Clara hinüber ging und sie untersuchte.

Ohne ein Zeichen, dass sie ihn wahrgenommen hatte, plapperte Mara weiter vor sich hin. Zusammenhangloses, genuscheltes Zeugs, soweit Leif es verstehen konnte. Worte wie „Gunnar", „Peer" und „Hark" ließen sich in dem Wortschwall gelegentlich identifizieren, aber was genau Mara sagte, blieb ihm verschlossen.

Seine Konzentration galt ohnehin Clara, die er jetzt oberflächlich untersuchte. Sie zeigte keinerlei Verletzungen, sondern wies die gleichen Symptome auf wie Christine. Leif kommentierte laut, was er sah und was er tat, damit Petersen es mithören konnte, nahm Clara auf den Arm und brachte sie neben Christine ebenfalls in eine stabile Seitenlage. Dann blickte er sich im Raum um, entdeckte ein Telefon und wählte von dort aus erneut die 112.

„Wir haben hier noch eine zweite vollständig hilflose Person und eine dritte, die ebenfalls nicht ganz in Ordnung zu sein erscheint, aber bei Bewusstsein ist", gab er durch.

„Der Wagen ist in drei Minuten bei Ihnen", war die Antwort. „Mehr habe ich im Moment nicht zur Verfügung. Aber ich schicke schon mal den Hubschrauber los."

Leif ging auf den Balkon zurück und fasste die immer noch plappernde Mara an den Schultern. Ihre Augen hatten offenkundig Mühe, ihn zu fixieren. Nach einigen Sekunden gelang es ihr aber doch. Der Redeschwall verstummte, in die bis dahin völlig entspannte Gesichtsmuskulatur kam ein wenig Ausdruck zurück.

„Leif", nuschelte sie in einem Ton, der kaum verständlicher war als ihr Geplapper. „Was machst du denn hier? Christine hat keine Zeit. Muss gleich zu Gunnar, weißt du. Peer ist tot. Sie trifft ihn. Leif holt sie ab. Ach so, ja, das bist ja du. Aber Christine ist weg. Clara ist eingeschlafen. Wie kann die denn jetzt einschlafen? Muss doch gleich zu Gunnar..."

Mara hatte sich wieder in ihrem Redeschwall verfangen und die Augen schauten erneut glasig durch Leif hindurch. Leif erstattete Petersen Bericht.

„Klingt nach KO-Tropfen", folgerte dieser. „In unterschiedlicher Dosierung. Nimm Mara am besten mit rein und schließ die Balkontür hinter euch. Nicht, dass sie uns noch runterfällt! Bleib in der Wohnung, bis Tiano jemanden zur Ablösung geschickt hat. Ich rufe die Spurensicherung an. Du kannst dich später von deren Hubschrauber bei der Inselklinik in Föhr absetzen lassen. Bleib dort bei den Frauen, bis sie ansprechbar sind. Bin gespannt, was sie zu berichten haben."

Danach informierte er Tiano, der Leon hinschicken würde, und gab Ella die Adresse durch, zu der sie die Spurensicherung ordern sollte.

22

Petersen fluchte. Das Bild war doch schon bis hierher verworren genug gewesen, die Motivlage völlig undurchschaubar. Ein Anschlag mit KO-Tropfen auf alle drei Frauen gleichzeitig fügte nun eine Facette hinzu, die in gar nichts mehr hineinzupassen schien.

Doch dann lächelte der Kommissar: Je verworrener ein Fall war, desto interessanter wurde es und mit desto mehr Spannung fieberte er der Auflösung entgegen. Wenn es ihnen in einer halben Stunde gelang, Gunnar festzunehmen, würden sie schon einen gewaltigen Schritt weiter sein. Er war extrem gespannt, was der ihnen zu erzählen haben würde.

Mit Hilfe von Christine wäre es etwas leichter gewesen, ihn aus einer eventuellen Deckung herauszulocken. Aber eigentlich müsste es auch so klappen. Mit ihren zwölf Beamten hatten sie jeden Winkel des Parkplatzes im Griff.

Oder war das Ganze hier ein Ablenkungsmanöver gewesen, um Christine aus dem Weg zu schaffen, während die Polizei ihre Kräfte hier, auf der anderen Seite der Insel, bündelte? Nein, das ergab schon mal überhaupt keinen Sinn mehr! An Christine wäre er weit besser ohne solch ein Ablenkungsmanöver herangekommen. Petersen schaute auf die Uhr. Noch zwanzig Minuten.

„Großer Mann nähert sich dem Parkplatz", kam die Durchsage kurz vor 16 Uhr. „Sandweg, westlich der Minigolfanlage. Statur passt zur Zielperson. Basecap, große Sonnenbrille, Jeans, helle Stoffjacke, Rucksack. Gesicht nicht zu erkennen."

Petersen richtete sich senkrecht hinter dem Steuer seines Kleinwagens auf. Er widerstand der Versuchung ein aufgeregtes „Alles auf Position!" an die anderen durchzugeben. Darauf würden sie auch ohne seinen Befehl kommen.

„Zielperson hat Bohlenweg gekreuzt. Sandparkplatz erreicht. Achtung! Sieht sich aufmerksam nach allen Seiten um!"

Petersen fühlte ein enormes Kribbeln im Bauch, aber er widerstand der Versuchung, auszusteigen und dem Mann entgegenzugehen. Gunnar würde ihn auch auf Entfernung erkennen. Das durfte er nicht riskieren. Noch nicht!

„Zielperson hat unteren Parkplatz erreicht", klang es nach einigen Sekunden wieder in seinem Ohr. „Zielperson schaut in Fahrzeuge. Immer noch wachsam!"

„Gesicht inzwischen erkennbar?", fragte Petersen in die Runde.

„Negativ!", antworteten drei der Beobachter. Die anderen sagten gar nichts.

„Zielperson stehengeblieben!", hörte er die Kollegin mit dem Kinderwagen sagen. „Nähere mich langsam."

Dann kam ein „Zielperson bricht ein Auto auf!"

Petersen fluchte. Verdammter Zufall! Und das, wo es Zufälle laut Lehrbuch gar nicht gab. Ein Autoknacker; ausgerechnet! So etwas gab es doch auf Amrum fast nie.

„Kein Zugriff!", befahl er. „Wiederhole: Kein Zugriff!"

Wenn sie sich jetzt auf den Autoknacker stürzten, wäre Gunnar gewarnt und würde verschwinden.

„Wir schnappen ihn uns, wenn er weit genug weg ist", schaltete sich Tiano in den Funkverkehr ein. „Haltet uns auf dem Laufenden, in welche Richtung er verschwindet!"

Eine Minute später hatte der Autoknacker sein Werk bereits vollendet. Hark hatte ihn nun selbst durch ein paar Büsche hindurch im Blick. Er strebte mit geschultertem Rucksack zügig zum Ende des Parkplatzes, kam die Treppe herauf und bog nach rechts in den Halemwai ein, genau auf Petersen zu.

Petersen tat, als würde er hinter dem Steuer telefonieren, aber der Autoknacker schaute mehr über seine Schulter zurück als nach vorne und hatte ihn in dem unauffälligen Wagen von Tante Lizzy gar nicht wahrgenommen.

„Ich schnappe ihn mir", gab der Kommissar an die Kollegen durch und sondierte noch einmal in allen Spiegeln, ob Gunnar nicht gerade irgendwo um die Ecke kam. Dann stieß er die Fahrertür genau in dem Moment auf, als der Mann auf dem schmalen Fußweg den Fiat erreicht hatte.

Die Tür schlug hart ans Schienbein und in den Bauch des Diebes. Hark selbst war mit dem Öffnen der Tür vom Fahrersitz geschnellt, hatte den Mann mit einem eisenharten Griff der linken Hand am Hals gepackt. Sein Griff erstickte den Schmerzensschrei, noch bevor er ganz heraus war. Mit der anderen Hand drückte Hark die Pistole auf die Nase seines völlig überraschten Gegenübers.

„Keinen Mucks!", befahl er ihm im Flüsterton. Dann führte er den Mann um die Autotür herum, drückte dessen ausladenden Bauch gegen den Kleinwagen, zog ihm die Arme nach hinten und legte ihm Handschellen an. Anschließend schob er ihn auf die Rückbank, die sein riesiger Körper fast komplett ausfüllte, und setzte sich selbst wieder nach vorne ans Steuer.

„Ruhig sitzenbleiben, Sie stören unseren Einsatz!", befahl er nach hinten.

Der Festgenommene nickte mit total verblüfftem Gesicht und sagte kein Wort.

„Verdächtiger festgenommen und gesichert", gab Petersen über Funk durch.

Er war weder aufgeregt noch außer Atem. Seit frühester Kindheit hatte Tante Lizzy ihn in unterschiedlichsten Kampfsporttechniken geschult und darin, in solchen Situationen die Ruhe zu bewahren. Auch heute noch trainierten sie auf dem Rasen hinter Lizzys Haus, wann immer es die Zeit zuließ und sie Lust dazu hatten. Er hatte das in seiner beruflichen Praxis noch nicht oft anwenden müssen. Aber wenn es nötig war, standen ihm diese Techniken zur Verfügung, mit denen er in seiner Ausbildungszeit auch so manchen Kampfsportlehrer zu Boden geschickt hatte.

„Wow, was war das denn!", klang es bewundernd von einem der Ermittler, die den oberen Parkplatz im Auge behielten.

„Funkdisziplin wahren!", kam es von Petersen streng zurück.

Er schaute auf die Uhr. Schon fünf Minuten über die Zeit! Ob Gunnar sie doch bemerkt hatte?

Petersen lehnte sich zurück und versuchte, sich zu entspannen. Interessiert beobachtete der Kommissar, wie die Kollegin mit dem Kinderwagen durch immer neue Handlungen ihre Anwesenheit plausibel machte. Sie nahm das Baby heraus, wiegte es ein wenig hin und her, legte es in den Wagen zurück, schob ein Stück, nahm es wieder heraus... Der Kollege, der mit einem Buch hinten auf dem Dünenkamm saß, hatte es da wesentlich leichter. Die anderen waren im Augenblick nicht in seinem Blickfeld, aber sicherlich in ebenso unauffälliger Warteposition.

Nach weiteren fünf Minuten gab es wieder eine Durchsage. Diesmal kam sie von dem Pärchen, das gegenüber der Parkplatzeinfahrt Position bezogen hatte und dort Landstraße und Fußwege im Auge behalten konnte.

„Große männliche Person zu Fuß aus Richtung Fischimbiss", gaben sie durch. „Weitere große männliche Person auf Fahrrad aus Richtung Nebel", hieß es zwei Sekunden später in leicht irritiertem Ton. „Wir überqueren die Straße, um die Gesichter erkennen zu können."

Aber die beiden großen Männer gingen beziehungsweise fuhren an der Parkplatzeinfahrt vorbei, ohne abzubiegen.

„Beide Personen definitiv nicht Zielperson. Beziehen wieder Ausgangsposition", meldete sich das Paar ab.

Der Nachmittag zog sich dahin. Insgesamt versetzten noch fünf weitere hochgewachsene Männer die Polizisten in Alarmbereitschaft, ohne dass es sich bei ihnen um Gunnar gehandelt hätte. Um 17 Uhr war Petersen bereit aufzugeben. Er sprach sich dazu kurz mit da Silva ab, der der gleichen Meinung war: Entweder hatte Gunnar sie doch irgendwie bemerkt. Oder er hatte weiter entfernt gewartet und gesehen, dass Christine nicht kam. Vielleicht hatte er aber auch von vornherein Angst vor einer Falle gehabt und sich deshalb entschlossen, gar nicht erst aufzutauchen.

Wie auch immer: Die Aktion war leider definitiv ein Reinfall gewesen. Petersen gab das Signal zum Abbruch. So würden die Kollegen gerade noch die 17:25-Uhr-Fähre erreichen können. Da Silva würde ihre „Ankunft auf den letzten Drücker" bei der Fährgesellschaft ankündigen.

Erst jetzt fiel Petersen wieder sein Gefangener auf der Rückbank ein. Der hatte sich tatsächlich die ganze Zeit nicht gemuckst. Ein Blick in den Rückspiegel zeigte, dass er eingeschlafen war. Na, der hatte Nerven! Die Zivilfahnder würden ihn gleich mit nach Flensburg nehmen.

23

Auf dem Weg zu Christines Wohnung rief Petersen Leif an, der, wie geplant, mit dem Helikopter der Spurensicherung nach Föhr übergesetzt hatte.

„Wie geht es den Frauen?", fragte er besorgt. „Soweit ganz stabil", war die Antwort. „Es besteht keine Lebensgefahr, und sie werden keine bleibenden Schäden davontragen, meinen die Ärzte. Aber Christine und Clara sind noch nicht wieder aufgewacht. Mara ist schon wieder ganz okay und normal ansprechbar. Sie hat aber nicht die geringste Ahnung, was da los war, sagt sie. Und der Kopf tut ihr weh."

„Weißt du schon etwas über die Ursache?", fragte Hark.

„Die Ärzte gehen, wie auch du vorhin schon, von KO-Tropfen aus. Vermutlich BDO, sagen sie, wollen die genaue Analyse aber noch abwarten. Von Mara weiß ich, dass Christine und Clara Cappuccino getrunken haben. Sie selbst kam aber etwas später und hatte einen Tee mit Süßstoff und einem ordentlichen Schuss Milch. Clara hatte ihr den Tee aufgegossen, Milchtüte und Süßstoff aber mit raus gebracht, damit sie selber dosieren konnte. Die Kriminaltechnik sollte die Tassen und die Milchtüte als erstes untersuchen. Wenn du mich fragst, war das BDO in der Milch, wenn es denn BDO war."

„Kannst du mir BDO genauer erklären?", hakte Petersen nach.

„Das ist die Kurzform für 1,4-Butandiol. Ein recht verbreiteter Stoff, der unter anderem als Weichmacher verwendet wird. Aber so ganz einfach dürfte da auf Amrum nicht ranzukommen sein. BDO wird im Körper zu einem Stoff umgewandelt, der GHB heißt. Das ist so was wie Liquid Ecstasy. Wenig davon wirkt ungefähr so wie Alkohol. Bei mehr wird man sehr entspannt und vielleicht verwirrt, so wie Maja. Bei noch mehr knockt es einen aus und hinterher gibt es meist Gedächtnislücken. Eine Überdosis kann tödlich sein. Die Wirkung setzt meistens schon nach wenigen Minuten ein und hält dann zwei bis drei Stunden an. Wenn es tatsächlich BDO war, müssten Christine und Clara eigentlich bald aufwachen. – Und bevor du dich wunderst, woher ich das alles weiß: Die haben mir einen Artikel aus dem Ärzteblatt in die Hand gedrückt, mit einem ausführlichen Artikel zu KO-Tropfen."

„Falls die Frauen über Nacht bleiben, müssen wir eine Bewachung organisieren", überlegte Petersen. „Ich habe ein ungutes Gefühl. Gunnar ist nicht am Treffpunkt aufgetaucht. Möglich, dass er noch etwas unternimmt. Allerdings nicht sehr wahrscheinlich. Du solltest mal mit Mattis Heinen telefonieren, was da möglich ist. Du weißt, dem Dienststellenleiter in Wyk."

„Das mit der Bewachung hatte ich mir auch schon überlegt", antwortete Leif. „Wenn du mich heute nicht mehr brauchst, könnte ich das hier übernehmen."

Petersen stimmte zu und legte auf. Er war inzwischen in der Mittelstraße in Wittdün angekommen und steuerte die Auffahrt zu Christines Haus hinauf. Tante Lizzys Fiat hatte keine Freisprechanlage für sein Handy.

„Gut, dass die Polizei hier heute andere Sorgen hat", dachte er amüsiert.

Die Spurensicherung war gerade fertig geworden und dabei, die Wohnung zu versiegeln, als Petersen die Treppe hinauf kam. Heute wurde die Einsatzgruppe von seinem Freund Michael Hagemann geleitet, mit dem er besonders gerne zusammenarbeitete.

„Moin Mike, irgendwas gefunden?", begrüßte er ihn.

„Moin Hark, leider nichts Aufregendes", war die Antwort. „Wir haben jede Menge Fingerabdrücke sichergestellt. Wird nicht so leicht sein, sie alle zuzuordnen, um zu sehen, welche nicht dorthin gehören. Wir hüpfen auf dem Rückweg noch kurz beim Inselkrankenhaus in Wyk vorbei und nehmen die Abdrücke von den Opfern. Wir haben auch alle Lebensmittel und den Müll mitgenommen. Im Mülleimer lag übrigens eine Medikamentenflasche. Ohne Beschriftung und ohne Fingerabdrücke. Ich habe das Gefühl, dass wir darin das Gesuchte finden werden."

24

Eine trübe Stimmung füllte den Raum, als die Polizeibeamten wenig später alle gemeinsam am großen Tisch in der Polizeistation Nebel zusammentrafen. Der Tag war ereignisreich gewesen, hatte sie einer Lösung des Falles aber kein Stück näher gebracht. Im Gegenteil: Die Sachlage war jetzt noch deutlich verworrener als sie sich am Morgen ohnehin schon dargestellt hatte. Die personalintensive Suche nach Gunnar hatte frustrierend geendet. Nicht nur Petersen hatte dessen Festnahme und der dadurch möglichen Erklärungen mit hoher Erwartung entgegengesehen. Auch ihre Befragungen in der Nachbarschaft, die sie begonnen hatten, bevor Gunnar sich bei Christine meldete, hatten sie bislang nicht weitergebracht. Maras Freund hatte ihr Alibi bestätigt.

„Aber der ist schwer verliebt; wer weiß, was das wert ist"; sagte Hein, der den Segelschullehrer befragt hatte.

Jette berichtete von einer Nachbarin, die durch ihr Küchenfenster Peer nach Hause kommen sah: „Sie beschwört, dass die Haustür nur angelehnt war. Peer soll kurz reingegangen sein. Dann sei er noch mal zurückgekommen, habe sich das

Türschloss genau angesehen, mit den Schultern gezuckt und die Tür hinter sich zugezogen. Das soll ziemlich genau um 19:30 Uhr gewesen sein. Jemand anderen hatte sie den ganzen Tag nicht beim Haus gesehen. Außer Johanna Sörensen, die von zehn bis zwölf zum Putzen da war, und Christine, die abends aufgeregt an der Haustür klingelte und klopfte und dann später mit Frau Sörensen wiederkam."

„Lasst uns nach Hause gehen, es war ein langer Tag", seufzte Petersen schließlich und stieß damit bei den Kollegen auf keinerlei Widerspruch. Im Moment hatte er noch nicht einmal eine richtige Idee, wie sie am nächsten Morgen weitermachen würden. Vermutlich würden sie mit weiträumigem Klinkenputzen anfangen müssen und hoffen, dass doch irgendwer irgendwas gesehen hatte.

Tante Lizzy war nicht da, als er nach Hause kam. Ein Zettel sagte ihm, dass sie auf einer Versammlung war und sicherlich nicht vor neun zurück wäre. Es könne auch noch später werden.

Schade! Sie zu sehen hätte ihn sicherlich aufgemuntert. Aber ein wenig Bewegung würde auch nicht verkehrt sein. Immerhin war am kommenden Samstag der Insellauf, da wollte er in Form sein. Der Gedanke ans Wochenende hellte seine Stimmung schon gleich wieder deutlich auf. Freddy würde am Freitag gegen Mittag mit der Fähre auf die Insel kommen. Das war seit Monaten geplant. Lizzy hatte ihnen die obere Ferienwohnung von Freitag bis einschließlich Montag freigehalten, wie sie es immer zur Zeit des Insellaufs tat. Hark zog seine Laufkleidung an und rannte los.

Sein Weg führte ihn den Böle-Bonken-Wai hinunter zum Wattenmeer. Einige dunkelbraune Rinder schauten kurz und mit mäßigem Interesse hoch, als er zügig an ihnen vorbei lief. Die drei Pferde auf der Weide daneben grasten hingegen völlig ungerührt weiter. Ein erschreckter Fasan flatterte unter lautem metallischem Krächzen auf, als er am Ende des Weges nach links auf den Sandweg abbog, der am Ufer entlang ganz bis nach Norddorf führte.

Im Licht der bereits tief stehenden Sonne sahen die dicht an dicht stehenden Strandastern noch schöner aus als vergangene Nacht im Mondlicht. Das zarte Lila ihrer Blütenblätter umkränzte ein gelboranges Inneres, und die Blütendolden standen in dieser Jahreszeit so dicht, dass auf den üppig bewachsenen Salzwiesen alles andere dagegen in den Hintergrund zu treten schien.

Er lief vorbei an Schilf und an tiefliegenden Flächen, auf denen Queller und Schlickgras den Gezeiten trotzten. Die vereinzelten buschigen Heckenrosen am Wegesrand waren jetzt, eine Woche vor Herbstbeginn, mit tiefrot bis orange leuchtenden Hagebutten bedeckt. Mit fortgeschrittenem Jahr überwog jetzt überall bereits das Braun verblühter oder abgestorbener einjähriger Pflanzen über das schon deutlich dunkler gewordene Grün der Vegetation. Bei Ebbe würde dieser Vegetationsgürtel beim Betrachter mit den Grau-, Braun- und Schwarztönen des angrenzenden Wattbodens zu einer farblichen Einheit verschmelzen. Jetzt, bei Flut und strahlendem Sonnenschein, hob er sich jedoch gegen das Blau und stählerne Grau des Meeres mit seinen leicht gekräuselten Wellen in scharfen Kontrasten ab.

Ein mäßiger Wind aus Südwest trieb vereinzelte üppige, hoch aufgewallte Cumuluswolken in Richtung Festland hinüber. Hark merkte, wie das Laufen ihn entspannte. Darauf konnte er fast immer vertrauen. Die Frustration über die viel zu wenigen greifbaren Hinweise in diesem Mordfall löste sich auf, sein Geist konnte sich wieder freier entfalten.

Kurz vor Norddorf lief er an einem allein stehenden Haus vorbei, das hier auf einem Steilhang wie eine Burg über das Meer blickte und den Stürmen trotzte. Früher hatte es eines seiner liebsten Restaurants beherbergt, aber das war nun bereits seit langem geschlossen. Wie so oft standen gerade mal wieder einige ratlose Feriengäste vor dem Gartentor und konnten es gar nicht glauben. Hatten sie doch erst vor wenigen Jahren hier im Gartencafé einen beeindruckend dekorierten Eisbecher genossen oder am Abend einen der legendären Buchweizen-Pfannkuchen bestellt, die in ungewöhnlich breiter Auswahl mit süßer oder herzhafter Füllung auf der Karte standen. Viele hatten beim Gehen auch die in Tütchen abgefüllten Teemischungen des Hauses gekauft oder sie sich, lange vor Aufkommen des Internethandels, sogar zu sich in ihre Heimatorte schicken lassen. Hark fragte sich, wie viele Jahre es wohl noch dauern würde, bis niemand mehr erwartungsvoll hier herauspilgerte.

In Norddorf bog er nach rechts auf den Teerdeich ab, der auf über anderthalb Kilometer Länge den Norddorfer Koog schützt. Im tiefgelegenen Marschland zu seiner linken, wo im Frühjahr Graugänse ihren Nachwuchs spazieren führen, graste eine Herde schwarzbrauner Rinder.

Am Ende des Deiches lief er geradeaus weiter durch die Dünen, links am Schullandheim vorbei und dann durch den tiefen Dünensand bei Ban Horn zum Strand auf der Seeseite hinüber. Von hier aus wollte er der Dünenlinie zurück nach Nebel folgen. Ein gutes Training für den Insellauf am Samstag, bei dem er sich, wie in den Vorjahren, für die Langstrecke angemeldet hatte. 28,5 Kilometer. Er hoffte, auch diesmal wieder unter drei Stunden bleiben zu können.

Tante Lizzy war noch nicht zurückgekehrt. Hark ging duschen, warf seine durchgeschwitzte Laufkleidung zusammen mit seiner Kleidung von gestern und einigem aus Tante Lizzys Wäschesammler in die Waschmaschine und stellte sie an. Dann schlenderte er zum Abendessen ins Dorf.

Ihm war nach etwas Leichtem, am besten gegrillter Fisch und Salat. Ein leicht zu erfüllender Wunsch in Nebel – wenn man denn in einem der Restaurants einen Platz fand. Zu seinem Glück tat er das bereits im ersten Lokal, das er ansteuerte. Der gegrillte Wolfsbarsch mit Gemüse und ein „Salat der Saison" waren schon nach zehn Minuten auf seinem Tisch. Dazu gab es eine große Flasche Wasser. Die musste nach dem schnellen Lauf unbedingt sein. Auf Alkohol würde er an diesem Abend verzichten.

Beim Essen ging Petersen noch einmal alle Aspekte des Falles durch. Gunnar war und blieb sein Hauptverdächtiger, schied aber als Alleintäter praktisch aus. Mara, Clara und Christine waren trotz des KO-Tropfen-Anschlags nicht gänzlich auszuschließen. Jeder der drei Frauen traute er solch einen gezielten Axtschlag wesentlich eher zu als dem behäbigen Gunnar. Doch vielleicht machte der auch gemeinsame Sache mit einer von ihnen oder ganz jemand anderem.

Eine Rückkehr der „Volvo-Mörder" von damals hielt Hark hingegen sowohl vom Motiv her als auch von der Ausführung für praktisch ausgeschlossen, selbst wenn sie noch lebten. Vielleicht müsste er in eine ganz neue Richtung denken! Ein Krieg unter den Amrumer Fahrradverleihern? Bei diesem Gedanken musste er fast lachen, schalt sich aber sofort der Voreingenommenheit: Sie sollten auf jeden Fall in diese Richtung ermitteln, auch wenn sie erst mal vielleicht absurd erschien.

Dann waren da noch diese sozial inspirierten Neubauvorhaben von Christine, Peer und Gunnar. Vielleicht traten sie damit einigen Platzhirschen im Amrumer Immobiliengeschäft auf den Schlips? Und was war mit Christines Mitgeschäftsführerin, die bereits als Buchhalterin für Sven gearbeitet hatte? Wie hieß sie doch gleich? Er schaute in sein Notizbuch. Richtig: Henrietta Kaltenbach! Die würde er sich morgen unbedingt einmal anschauen müssen. Sie arbeitete mit dem Reichtum des Geschwister-Trios, war selbst aber sicherlich nicht an diesen Pfründen beteiligt. War sie in einem der Testamente berücksichtigt oder war sie missgünstig? Das galt es herauszufinden.

Zufrieden damit, nun doch wieder Ansatzpunkte und Pläne für den nächsten Tag zu haben, schlenderte Hark nach Hause. Tante Lizzy war immer noch nicht zurück. Er legte ihr einen

Zettel hin, dass er bereits ins Bett gegangen und Leif auf Föhr geblieben war.

Dann rief er noch kurz im „Störtebeker" in Steenodde an. Es war sein absolutes Lieblingslokal auf der Insel. Freddy ging es genauso. Sie wollten daher am Freitagabend genau dort mit einem gemeinsamen Essen ins Wochenende starten. Aber besser, man bestellte einen Tisch. Das Restaurant war schließlich nicht nur bei ihnen so beliebt. Ein Bistrotisch vorne im Tresenbereich war noch zu bekommen. Ja, gerne der große in der Ecke! 20 Uhr.

Nachdem auch dies zu seiner Vorfreude geklärt war, ging Hark ins Bett und fiel sofort in einen tiefen, erholsamen Schlaf, mit dem er die viel zu kurze vorangegangene Nacht spielend wieder ausgleichen konnte.

25

Auch an diesem Morgen war Tante Lizzy bereits in der Küche am Wirken, als Hark aus dem Schlafzimmer kam.

„Ich bin heute etwas später aufgestanden, es sind leider noch keine Brötchen da", sagte sie entschuldigend.

„Hole ich sofort, wenn ich aus dem Bad raus bin", versprach er.

Beim Bäcker war schon ordentlich Betrieb. Die Schlange stand bis hinaus auf die Straße, und es dauerte ein paar Minuten, bis er dran war. Interessiert lauschte er den Gesprächen der Wartenden. Der geschlossene Fahrradverleih war bei ihnen ein Thema.

Jemand wusste den Grund dafür beizusteuern: Mord an einem der Besitzer!

„Und der andere ist auf der Flucht!", trumpfte eine ältere Dame mit ihrem Wissen auf. „Hätte ich dem gar nicht zugetraut, als ich letzte Woche mein Rad dort gemietet habe." Dann stutzte sie: „Oh, mein Gott, wenn er mich nun auch umgebracht hätte!"

„Man ist heute ja nirgendwo mehr seines Lebens sicher", drängte es aus einem Mann heraus, der ungefähr im Alter der gerade noch dem Tod entronnenen Dame sein mochte. Dann leitete er mühelos vom flüchtigen Insulaner zu „verrückten Dschihadisten" über und war Sekunden später bei wütenden Tiraden über „Flüchtlinge", „Afrikaner" und „Überfremdung" angekommen.

Die anderen in der Schlange drehten sich irritiert oder unangenehm berührt ab und sagten gar nichts mehr. Nur eine junge Frau forderte ihn beherzt auf „nicht so böse über Menschen zu sprechen, die er doch gar nicht kennt".

„Da ist doch einer wie der andere", murrte er, gab dann aber Ruhe.

Mit seinen schließlich doch noch erbeuteten knusprigen Brötchen kehrte Hark zu Tante Lizzy zurück. Der kurze Blick auf die menschliche Natur hatte seine Laune nur für einen kurzen Moment trüben können, zumal das Positive am Ende ja doch überwog.

Beim Frühstück schilderte er Lizzy den aktuellen Ermittlungsstand und die Probleme, die der Fall ihm gerade bereitete. Sie hörte still zu, ließ sich alles durch den Kopf gehen.

„Wenn ich dir bei irgendetwas helfen kann, lass es mich wissen", sagte sie schließlich.

„Würde es dir etwas ausmachen, dir den Tatort einmal mit mir zusammen anzusehen?", bat Hark. „Ich wüsste gerne deine fachliche Meinung dazu, wie ein derart gezielter Axthieb gelingen konnte. Und dann wäre es toll, wenn du verbreiten könntest, dass wir Gunnar suchen."

Tante Lizzy musste lachen. „Mein Junge, wir sind auf Amrum! Es gibt sicherlich keinen einzigen Einheimischen, der nicht über die Suche nach Gunnar Bescheid weiß. Gestern im Trachtenverein war das Rätsel um sein Verschwinden das Hauptthema. Wenn er irgendwo auftaucht, werdet ihr es umgehend erfahren! Übrigens traut ihm nicht ein Einziger so eine

Tat zu. Was das mit der Axt angeht, bin ich natürlich dabei. Wir sollten eine ähnliche mit hinnehmen. Den Vormittag über habe ich auf der Arbeit zu tun. Danach aber jederzeit gerne."

Das Telefon klingelte.

„Moin Chef", meldete sich Leif auffallend fröhlich. „Den Frauen geht es wieder gut! Sind vollständig genesen! Nur noch ein bisschen Kopfschmerzen. Es waren tatsächlich KO-Tropfen, aber die Ärzte wollten sich nicht auf die genaue Sorte festlegen. Viel Erfahrung haben sie damit im Inselkrankenhaus ja noch nicht, sagen sie. Wir sind jetzt auf der Fähre, also gegen neun in Wittdün."

Hark würde Tiano bitten, sie dort abholen und zum Gespräch ins Revier bringen zu lassen, wenn sie damit einverstanden wären. Leif fragte die Frauen und gab dann ihr einstimmiges Okay weiter. Die Nacht über hatten sie sich gemeinsam in einem Vierbettzimmer verbarrikadiert. Leif hatte sein Bett einfach vor die Tür geschoben. Dadurch hatte auch er ausreichend Schlaf bekommen. Soweit sie wussten, hatte niemand versucht einzudringen.

26

Mara, Clara und Christine sahen doch etwas mitgenommener aus, als Leifs Schilderung es hätte erwarten lassen. Aber sie waren erstaunlich gelassen und nahmen die Vorfälle sogar mit ein wenig Humor.

Bei Christine und Clara endete die Erinnerung an genau dem Punkt, als Clara die Wohnung betreten hatte. Mara erinnerte sich hingegen noch an fast alles. „Leider auch an mein dummes Geplapper", sagte sie errötend mit einem Seitenblick auf Leif.

„Ach, ich habe dir einen Tee gekocht?", staunte Clara, als Mara davon erzählte. „Tut mir leid, dich vergiftet zu haben."

„Hast du gar nicht", lachte Mara. „Du hast die Milchtüte mit rausgebracht. Die KO-Tropfen habe ich mir also wohl selbst in den Tee geschüttet. Oh Mann, so betrunken habe ich mich schon lange nicht mehr gefühlt!"

Die Milch hatte Christine ganz normal im Biomarkt gekauft. Die Kaffeebohnen und den Tee auch. Den Süßstoff im Supermarkt.

Wer alles einen Schlüssel zu ihrer Wohnung habe?

Frau Sörensen natürlich, Clara und Mara ebenfalls und ihre Mit-Geschäftsführerin Henriette Kaltenbach. Auch bei Peer und Gunnar hatte Christine einen deponiert: für den Fall, dass sie ihren mal verlieren würde und die anderen dann gerade nicht zu erreichen sein sollten. Petersen nahm sich vor, am Nachmittag bei Peer danach zu schauen. Der Mörder, wer auch immer es war, hätte den Schlüssel dort ja problemlos an sich nehmen können.

Keine der drei Frauen hatte auch nur die leiseste Ahnung, wer hinter dem Anschlag mit den KO-Tropfen stecken könnte. Die Vermutung lag nah, dass er ausschließlich Christine gegolten hatte und die anderen nur durch Zufall traf.

„Kann ich für heute Nacht wieder Personenschutz haben, Herr Kommissar?", fragte Christine mit einem demonstrativen Schmollmund und umschlang dabei zärtlich den Arm von Leif.

Hark lachte. „Ist wohl besser!", sagte er und freute sich über Leifs glückliches Gesicht. „Können wir uns in einer Stunde bei dir im Büro treffen? Ich möchte mich gerne mit dir und Frau Kaltenbach über eure Baupläne unterhalten."

In 90 Minuten wäre es ihr lieber, antwortete Christine. Sie wollte unbedingt erst einmal duschen, sich umziehen und ein wenig zur Ruhe kommen. Und vorher sollte Leif am besten schon bei ihr einziehen und gleich mit dem Schutz beginnen.

„Ich hätte in deiner Wohnung jetzt ganz bestimmt auch Angst, allein unter die Dusche zu gehen", kicherte Clara und skizzierte den Anfang von Hitchcocks Film „Psycho" mit gruseligen Worten und messerstechenden Gesten. Christine konnte nicht wirklich mitlachen.

Jette fuhr Leif zum Dienst-BMW, der immer noch am Hubschrauberlandeplatz stand, und die drei Frauen jeweils zu sich nach Hause. Bei Christine warf sie zudem einen schnellen Blick in alle Räume der Wohnung, bevor sie sie dort allein zurückließ.

Die anderen Polizisten schwärmten aus, um sich weiter auf der Insel umzuhören. Tiano fand die Möglichkeit eines Krieges unter Fahrradverleihern zwar ebenfalls etwas abwegig, wollte aber dennoch sofort intensive Nachforschungen dazu anstellen. Er und Hein würden mit allen Verleihern sprechen. Außerdem ließ er sich bei den Bürgermeistern der Inselgemeinden noch für denselben Tag Termine geben, denn auch das Thema Immobilien fand er einer Untersuchung wert.

Leon und, nach ihrer Rückkehr, Jette sollten den Tag über auf der Insel Polizeipräsenz demonstrieren und sich in allen Ortschaften mit dem Streifenwagen sehen lassen.

Hark selbst ließ sich am Yachthafen absetzen. Vielleicht hatte sich Gunnar ja dort mit jemandem getroffen – der Champagner könnte darauf hindeuten – und hatte mit einem Sportboot die Insel verlassen. Leif würde ihn später dort abholen, um dann gemeinsam zu Christines Büro zu fahren.

Noch bevor sie am Yachthafen eintrafen, klingelte Petersens Handy. Es war Mike. Die Untersuchung hatte ergeben, dass es sich tatsächlich um KO-Tropfen handelte. BDO, wie von den Ärzten bereits vermutet. Es war in Reinform in dem Fläschchen aus dem Müll nachzuweisen und in hoher Konzentration in der Milchtüte. Außerdem in geringerer Menge in den beiden Kaffeetassen und in noch geringerer in der Teetasse.

Auf der Milchtüte und allen Tassen gab es Fingerabdrücke von Christine, Clara und Frau Sörensen. Im Küchenbereich fanden sich ausschließlich Fingerabdrücke dieser drei, während in der übrigen Wohnung auch andere Abdrücke zu finden waren. Nur auf der Teetasse und der Milchtüte gab es zusätzlich Abdrücke von Mara.

Das Türschloss wies keine Einbruchspuren auf. „Der Täter hatte also Handschuhe an, ist mit einem Schlüssel in die Wohnung eingedrungen, hat das Betäubungsmittel in die Milchtüte gefüllt und es den Hausbewohnern überlassen, es sich selbst einzuschenken", fasste Petersen zusammen.

Mike stimmte zu.

„Irgendwo ein Abdruck von Gunnar?"

Mike verneinte.

Sie tappten also auch hier noch im Dunkeln.

27

Die Befragung am Hafen brachte ebenfalls keinerlei Hinweise. Niemand hatte Gunnar gesehen, niemandem war am Montag in der Mittagszeit ein Boot besonders aufgefallen. Harks Laune war daher schon wieder deutlich gesunken, als Leif ihn zur verabredeten Zeit abholte. Er hatte seinen Seesack bereits aus Lizzys Haus abgeholt und zu Christine gebracht. Seine Haare waren noch ein wenig feucht vom Duschen.

Christine war nach Claras „Psycho"-Verweis so verängstigt gewesen, dass sie mit dem Duschen lieber gewartet hatte, bis er da war, erzählte Leif. Petersen stellte vorsichtshalber keine weiteren Fragen zum Personenschutz, ermahnte seinen Assistenten aber nachdrücklich, Christine auf keinen Fall irgendein Detail aus den Ermittlungen zu erzählen.

„Ist schon ausgemachte Sache zwischen uns; sie sieht das total ein!", stimmte der ihm zu.

Christines Immobilienverwaltung war im Erdgeschoss eines der vergleichsweise neuen Gebäude auf der Südspitze untergebracht. Aus den Fenstern blickte man über niedrige Büsche hinweg auf das Haus gegenüber.

Die Wohnungen auf der Seeseite des Hauses vermieteten sie an Feriengäste. Von außen war ein kleines Firmenschild neben der Eingangstür das einzige Indiz, dass hier ein Unternehmen seinen Sitz hatte.

Es duftete nach frisch gebrühtem Kaffee, als Hark und Leif das Büro betraten. Ein freundlicher Herr mittleren Alters nahm sie in Empfang und führte sie in einen geräumigen Besprechungsraum.

„Henrietta und Christine kommen sofort", versprach er, nachdem er ihre Getränkewünsche erfragt hatte. Tatsächlich waren die Damen bereits bei ihnen, noch bevor er den Polizisten ihren Cappuccino gebracht hatte.

Frau Kaltenbach erwies ihrem Namen alle Ehre. Aber nur auf den ersten Blick. Sie war eine äußerlich kühl wirkende Frau Anfang fünfzig. Schlank, fast hager, und in ein streng geschnittenes, dunkelgraues Business-Kostüm mit weißer Bluse gekleidet. Ihr fast vollständig ergrautes, langes Haar hatte sie straff nach hinten gebunden. Sie strahlte unverkennbar Kraft aus, einen starken Willen und Durchsetzungsvermögen, analysierte Petersen. Schon nach den ersten Worten war allerdings unverkennbar, dass die kühle äußere Erscheinung nicht wirklich dem Inneren der Frau entsprach. Henrietta Kaltenbach entpuppte sich als freundliche, auffallend warmherzige Dame, die jede seiner Fragen interessiert aufnahm und sich um eine detaillierte Beantwortung bemühte.

Sie stand mit Leib und Seele hinter den Neubauplänen, die, wie nun deutlich wurde, eine gemeinsame Idee von Christine und ihr waren.

„Die Wohnsituation auf Amrum ist für Einheimische und mehr noch für Saisonkräfte absolut dramatisch", schilderte sie leidenschaftlich. „Sie konkurrieren ja mit zahlungskräftigen Urlaubern um die Quartiere. Darum frisst die Miete selbst für extrem bescheidene Unterkünfte oft mehr als die Hälfte von dem, was man hier als Koch, Kellner, Surflehrer oder Verkäufer verdienen kann. Den Vermietern kann man kaum einen Vorwurf deswegen machen. Der Markt bestimmt den Preis! Doch für jeden Insulaner, der auf Arbeitskräfte von außen angewiesen ist, ist das ein Riesenproblem. Ebenso für jeden, der nach Abschluss der Ausbildung auf der Insel bleiben, aber nicht bei den Eltern wohnen will. Es gibt zwar auch Vermieter

auf Amrum, die nicht immer das Maximum an Miete heraus-
holen wollen. Sogar eine ganze Menge! Aber leider nicht
genug."

Christine Olufsen und Henrietta Kaltenbach hatten das
Thema wochenlang hin und her gewälzt. Natürlich hätten sie
die eigenen Ferienwohnungen mit deutlich geringeren Jahres-
erträgen auf den normalen Wohnungsmarkt bringen können.
Gelegentlich hatte Christine so tatsächlich auch schon Bekann-
ten zu einem Dach über dem Kopf verholfen. Aber lieber wollten sie das vom normalen Geschäft abkoppeln und mit einer
eigenen Struktur anlegen.

Als Lösung schwebten ihnen dreigeschossige Gebäude in
einer Größe vor, die noch ins jeweilige Ortsbild passte. Erst
einmal zwei in jeder Gemeinde. Jeweils eines davon mit bis
zu 30 Einraum-Apartments für Saisonkräfte und eines mit
Zwei- bis Vierzimmerwohnungen für unterschiedliche Fami-
liengrößen. Realistisch wurden die Pläne dadurch, dass den
Olufsens in allen Gemeinden schon große Flächen Bauland
gehörten. Sven Olufsen hatte es in den letzten zwei Jahrzehnten meistens für wenig Geld gekauft – in der Regel auf legale,
aber selten auf seriöse Art. So mussten sich nur die geplanten
Gebäude selbst auf lange Sicht über die Mieten finanzieren.
Gewinne sollten diese Projekte nicht abwerfen. Für ein Leben
im Luxus reichte Christine und ihren Brüdern ja schon das Be-
stehende.

Zurzeit diskutierten Christine und Frau Kaltenbach mit den
Gemeindevertretern, durch welche Maßnahmen dabei günstige
Mieten dauerhaft zu sichern sein würden. Lange Mindestmiet-
zeiten, Untermietbeschränkungen... Da musste innerhalb des
bundesdeutschen Mietrechts für so manches ein nicht alltägli-
cher Weg gefunden werden.

„Was haben Peer und Gunnar zu diesen Plänen gesagt?",
fragte Petersen.

„Eigentlich nur die vier Worte *Klingt gut! Mach mal!*", erklärte Christine. „Geld war ihnen vollkommen egal, fast schon

lästig. Ich glaube, sie haben ihren neuen Reichtum bis heute für nichts genutzt." Beim Gedanken an ihre Brüder flossen ihr zwei Tränen über die Wangen.

„Die Pläne stoßen doch sicherlich nicht überall nur auf Wohlwollen?", hakte der Kommissar nach.

„Doch, das tun sie tatsächlich!", widersprach Frau Kaltenbach. „Es gibt zwar viele, auch hitzige Diskussionen darüber, wo genau das gebaut werden soll, wie groß die Häuser letztlich höchstens werden dürfen und wie sie von außen zu gestalten sind. Aber die Gespräche werden konstruktiv und bislang ohne jede Feindschaft geführt. Natürlich könnte es sein, dass die vielleicht 130 Wohneinheiten, die wir planen, Amrums Wohnungsmarkt insgesamt ein wenig entspannen und andere Vermieter dann nicht mehr ganz so hohe Mieten erzielen können. Aber das führt allenfalls zu Unbehagen, nicht zu genereller Ablehnung. Und schon gar nicht zu Mord! Das Vorhaben an sich hat keine echten Gegner!"

„Haben Sie selbst Anteile am Unternehmen, die sich durch den Tod von Peer vergrößern?", fragte der Kommissar in nüchternem Ton.

„Nein, ich habe keine Unternehmensanteile und, um direkt zum vermutlich eigentlichen Gegenstand Ihrer Frage zu kommen: Ich habe Herrn Olufsen nicht umgebracht", lächelte Henrietta Kaltenbach. „Es gibt sicherlich auch kein Testament, in dem er mich bedacht hätte. Wir hatten kaum Kontakt. Beim Alibi muss ich allerdings passen. Ich habe das Büro am Montagabend gegen 18 Uhr zusammen mit Christine verlassen und bin direkt nach Hause. Ich wohne allein." In ihrem Tonfall schwang ein leichtes Bedauern mit, das sich wohl mehr auf das Alleinleben als auf das fehlende Alibi bezog.

28

Die beiden Polizisten hatten sich in der Inselstraße Fischbrötchen gekauft. Hark eines mit Räucherlachs, Leif wählte Backfisch. Auf einer Bank in der Einmündung der verkehrsberuhigten Strandstraße ließen sie sich ihren Fang schmecken, während sie das Treiben in Wittdüns wirtschaftlichem Zentrum auf sich wirken ließen. Viel „Treiben" gab es jetzt, in der Mittagszeit, allerdings nicht. Selbst der Parkplatz beim Lebensmittelmarkt schräg gegenüber war kaum belegt. Vielleicht waren die meisten Menschen jetzt beim Mittagessen oder am Strand.

„Irgendeine Idee zu dem Ganzen?", fragte Hark seinen Assistenten.

Der schüttelte den Kopf: „Bislang nicht wirklich. Das ergibt alles überhaupt keinen Sinn, oder?"

„Würde ich auch so sehen", nickte Petersen nachdenklich. „Und das kann im jetzigen Stadium eigentlich nur eines bedeuten: Es hat auch keinen Sinn. Da spielt uns jemand etwas vor. Ablenkungsmanöver! Meine Erfahrung sagt mir: Das eigentliche Verbrechen, also die Tat, um die es wirklich geht, ist noch gar nicht passiert."

Leif schaute ihn zweifelnd an: „Du meinst, Peer wurde ermordet, einfach nur, um eine Finte zu legen?"

„Danach sieht es verdammt noch mal aus", sagte Petersen. „Da hat jemand nur deshalb Peer totgeschlagen und Christine vergiftet, weil's in sein Spiel passt. Vermutlich eiskalt und ohne menschliche Regung!" Sein angewiderter Gesichtsausdruck machte deutlich, was er von solch einem Täter hielt. „Ich hoffe nur, dass wir jetzt schnell auf irgendeine brauchbare Spur treffen, bevor das nächste Opfer zu beklagen ist!"

Nachdem sie ihre Brötchen aufgegessen und jeder eine Flasche Wasser geleert hatten, schlenderten sie gemächlich die Inselstraße hinunter zum Parkplatz an der Südspitze, auf dem sie vorhin ihr Auto abgestellt hatten.

Auf dem Weg kamen sie an einem Geschäft mit Haushaltswaren und Werkzeug vorbei. Das hatte Petersen fast vergessen. Er bat Leif, kurz mit reinzukommen, ging zu den Werkzeugen und sah sich um. Dann griff er zu einer Axt, die an einer Halterung an der Wand hing.

„Sieht genauso aus wie die bei Peer und Gunnar, oder?", fragte er den Kriminalmeister, der zustimmend nickte.

„Oh ja!", klang es von hinten. „Ist dasselbe Modell. Haben die letztes Jahr um diese Zeit hier gekauft. Ich führe schon seit Ewigkeiten keine anderen mehr. Die halbe Insel ist inzwischen damit ausgestattet!"

Petersen drehte sich um. Ein kleiner, rundlicher Mann im mittleren Alter stand hinter ihm und schaute ihn durch die kreisrunden Gläser seiner randlosen Brille freundlich an.

„Kann ich nur empfehlen!", fuhr der Mann fort. „Mit 75 Zentimeter Grifflänge und anderthalb Kilo Gewicht ist das die ideale Spaltaxt. Nicht die Billigste im Markt, dafür aber echte Qualität! Da haben Sie jahrelang Freude dran."

„Sie wissen heute noch, wer bei Ihnen vor einem Jahr eine Axt gekauft hat?", fragte Petersen mit polizeilichem Misstrauen.

Der Mann lachte: „Natürlich nicht bei allen und jedem, Herr Kommissar. Aber nach der Mordserie damals waren die Olufsens natürlich noch lange Inselgespräch. Sie übrigens auch Herr Petersen und Herr Hansen. Und als die beiden dann hier eine Axt kauften, haben wir darüber gesprochen und über das neue Haus, in dem sie erstmals überhaupt so was brauchen konnten. Das bleibt einfach im Gedächtnis."

„Haben noch mehr Mitglieder der Familie Olufsen eine Axt dieses Modells?", hakte der Kommissar nach.

Der Händler bejahte. Mara und Clara hatten unabhängig voneinander fast zur selben Zeit solch eine Axt gekauft. Die Frauen waren ja damals ebenfalls aus ihren Wohnungen in Häuser mit Kamin umgezogen.

Ob er sich die Axt für den Nachmittag mal ausleihen dürfe, bat Petersen höflich, „nur um was auszuprobieren".

Dem Händler lag offenbar ein Nein auf der Zunge, dann zuckte er aber mit den Schultern. „Na, was soll`s! Wenn`s der Sache dient und du sie unbeschädigt zurückbringst, von mir aus gern, Herr Kommissar. Aber deine Tante hat auch so eine bei sich zuhause."

Petersen stutzte, wollte die Axt dann aber doch gerne mitnehmen, für den Fall, dass Lizzy ihre nicht mehr hätte. Leif würde sie in zwei/drei Stunden zurückbringen, versprach er. Und sie würden auch kein Holz damit hacken.

„Und bitte auch keine Fahrradverleiher!", witzelte der Händler. Aber niemand fand das komisch. Eigentlich nicht einmal er selbst.

29

Lizzy war gerade dabei, das Geschirr vom Mittagessen in die Spülmaschine zu räumen.

„Soll`s losgehen?", fragte sie, als die beiden in die Küche kamen. „Bin in drei Minuten soweit."

Hark nutzte die Zeit, in der sie sich fertig machte, um zum Hackplatz hinter dem Schuppen zu schauen. Ja, tatsächlich, dort steckte exakt dasselbe Axtmodell im Hackklotz. Aber deutlich abgenutzter als das, mit dem Peer erschlagen wurde.

„Seit wann hast du die?", fragte er seine Tante, als sie aus dem Haus herauskam.

Sie überlegte. „Ach, bestimmt schon drei oder vier Jahre. Wieso?"

Hark wusste auch nicht so recht, warum er das gefragt hatte. Er grinste ein wenig hilflos und blieb die Antwort zwangsläufig schuldig.

Bei Peers Haus angekommen, kontrollierten sie als erstes wieder die Siegel an den Türen. Sie waren weiterhin unbeschädigt. Gunnar war also immer noch nicht wieder dagewesen, registrierte Petersen mit einer gewissen Enttäuschung. Im Wohnzimmer ließ seine Tante sich zuerst die Fotos zeigen, die Hark und die Spurensicherung aufgenommen hatten. Sie studierte genau die Lage des Opfers im Raum, die Lage der Waffe sowie, lange und besonders ausgiebig, die Wunde an Peers Kopf. Dann erst schaute sie sich im Zimmer um, ging auf die Knie, untersuchte die Holzdielen, betrachtete den Blutfleck, suchte den Boden links vom Eingang noch einmal genauer ab.

„Schau, hier", sagte sie schließlich, „hier war die Spitze der Axt am Boden abgestellt."

Tatsächlich konnten die Polizisten dort nun eine winzige Vertiefung im Holz erkennen.

„Stell dich doch bitte mal in die Tür", bat Lizzy ihren Neffen und stellte sich selbst daneben an die Wand. Dann ließ sie sich noch einmal die Fotos zeigen, ging hinüber zum Fernsehgerät und drehte es ein wenig, bis seine Position mit der auf dem Foto übereinstimmte. Dann musste sich Hark zunächst erneut in die Tür stellen, danach Lizzys Position einnehmen, während sich die Tante in der Tür auf Zehenspitzen stellte. Als nächstes ließ sie sich die Axt geben und positionierte sich damit wie eine Golfspielerin vor dem Abschlag neben der Tür. Danach schaute sie die beiden Männer an.

„Und, Sherlock?", schmunzelte Hark. „Was meinst du?"

„Dein Täter ist mindestens fünf Zentimeter, höchstens neun Zentimeter größer als ich, also um die 1,75 Meter plus/minus zwei", legte Lizzy los. „Gut trainiert, sehr kräftig! Hervorragende Körperspannung. Nicht dick. Sehr zielbewusst, sehr fleißig. Ein Pedant! Sehr starke Nerven. Vermutlich kampferprobt. Gunnar kannst du also endgültig streichen. Was die Ausführung angeht: Er hat sich den Fernseher so gedreht, dass er Peers Spiegelbild in der Türöffnung sehen konnte, ohne dabei selbst gesehen zu werden. Das Spiegelbild erleichtert die Tat gegenüber einem völlig blind geführten Schlag um ein Vielfaches. Trotzdem muss er diesen Schlag gut vorbereitet haben. Das hat er hundertmal geübt. Also hat er so eine Axt sicherlich selbst zuhause. Hast du mich deshalb vorhin gefragt, seit wann ich meine habe?"

Hark überlegte kurz. „Ja, tatsächlich, das könnte es unbewusst gewesen sein", gab er dann zu. „Vorhin wusste ich nicht recht, warum ich das gefragt hatte. Macht ja nicht viel Sinn. Entschuldige! Vermutlich Polizistenroutine. Wie kommst du auf die anderen Fakten? Die Spurensicherung hat das hier offenkundig nicht herausgelesen."

„Durch den Abdruck auf dem Boden, die Position des Fernsehgeräts, die Lage des Toten und die Wunde wissen wir recht genau, wo und wie der Täter gestanden haben muss", beschrieb Lizzy ihren Gedankengang. „Auch die Art, wie der Schlag geführt wurde, lässt sich daran ablesen. Der Täter – ich würde ja eher auf eine Täterin tippen – wird die für sich ideale Körperhaltung gewählt haben. Für mich wäre der Axtkopf zu weit in den Raum hinein abgelegt gewesen, für dich nicht weit genug. Daran lässt sich die Größe des Täters ablesen. Natürlich kann die auch noch je nach Beinlänge und Armlänge variieren. Aber wenn unser Täter halbwegs durchschnittliche Proportionen hat, dann suchst du jemanden, der 1,75 Meter groß ist.

Hark zog sein Smartphone aus der Tasche und suchte in der Fotogalerie nach den Personalausweisen, die er bei jeder Befragung abgelichtet hatte. Christine und Henrietta Kaltenbach waren beide nur 1,68 Meter groß. Aber Clara mit ihren 1,74 Meter und Mara mit 1,76 würden genau in dieses Bild passen. Gunnar hingegen schiede, wenn Tante Lizzys Schlussfolgerungen stimmten, mit seinen schätzungsweise 1,95 Meter auch unter diesem Gesichtspunkt schon wieder aus. Seine Fingerabdrücke auf der Tatwaffe waren kein wirkliches Indiz. Immerhin war es ja seine eigene Axt. Die hätte jeder vom Hackplatz vor dem Haus geholt haben können. Vielleicht hatte er beim Mord aber dabei gestanden und hinterher den Kotflügel über das Opfer gelegt.

Leif nahm Christines Wohnungsschlüssel mit, die hier tatsächlich mit einem Anhänger „Christine" am Schlüsselbord hingen. Dann brachte er Hark und Lizzy zum Waasterstigh. Er selbst wollte nach Zurückbringen der Axt noch mal nach Norddorf fahren und Maras Segelschullehrer penetrant auf den Zahn fühlen.

Hark hingegen reichte es für heute. Er kannte sich gut genug um zu wissen, dass weiteres Herumstrampeln jetzt bei ihm nur zu einer endgültigen geistigen Blockade führen würde.

„Soll ich uns heute Abend ein paar Steaks braten?", fragte Tante Lizzy.

„Ja gerne", antwortete er und fügte hinzu, dass er für sich und Freddy für morgen Abend einen Tisch im „Störtebeker" reserviert hatte.

„Das trifft sich gut", freute sich Lizzy. „Da bin ich ohnehin unterwegs. Abschlussbesprechung für den Insellauf. Über Samstagabend reden wir dann am besten, wenn Freddy da ist. Ich freue mich auf sie!"

Vor dem Abendessen lief Hark noch eine kleine Runde. Training musste sein, wollte er den Insellauf erfolgreich absolvieren. Nach dem Duschen ließ er sich am Esstisch auf der Terrasse in einen der mit bequemen Polstern belegten Gartenstühle fallen. Sein Blick ging über das Wattenmeer hinaus, wo die 15-Uhr-Fähre aus Dagebüll sich gerade ein Stückchen rechts von Föhr als winziger grauer Punkt aus dem nur wenig helleren Grau, das sie umgab, schälte. Seine Augen folgten ihr, bis sie eine halbe Stunde später – nun als in seinen Einzelheiten zu erkennendes Schiff – hinter dem Steenodder Kliff aus seinem Blickfeld verschwand.

Dann schaute er eine Weile den Schafen zu, die gerade über den kleinen Deich jenseits von Lizzys Gartenzaun herangekommen waren und emsig vor sich hin grasten. Die Jungen, die er hier im April als winzige Milchlämmer erlebt hatte, waren schon fast so groß wie ihre Mütter.

Harks Augen folgten kreisenden Möwen und vorbeieilenden Austernfischern. Er freute sich über die Kaninchen und Fasane, die sich wenige Meter entfernt auf dem Rasen tummelten und ihn gar nicht wahrzunehmen schienen. Amseln hüpften vorbei und pickten allerlei Kleingetier zwischen den Grashalmen auf. Elstern schauten sich nach möglicher Beute um. Zwei kleine Greifvögel lieferten sich eine wilde Luftschlacht mit drei Krähen.

Er wurde sanft aus seinen Gedanken gerissen, als Tante Lizzy mit zwei saftigen Steaks herauskam, die sie eine Stunde zuvor vom Schlachter im Dorf geholt hatte. Dazu gab es kross gebratene Kartoffeln und grüne Bohnen. Dies gehörte eindeutig zu Harks Lieblingsgerichten. Gerade, wenn die Steaks aus der Schlachterei in Nebel kamen. Die waren dort immer herausragend gut. Alkoholfreies Bier rundete das Abendessen ab.

Sie saßen auch danach noch lange draußen. Erst als es dunkel geworden war, räumte Hark den Tisch ab und brachte die Küche in Ordnung, während Lizzy es sich im Wohnzimmer gemütlich machte. Dann ging er ins Bett. Er wollte morgen frisch und erholt sein, wenn Freddy kam.

30

Das Klingeln seines Handys riss Hark aus einem wilden Traum, in dem Mara, Clara und Christine gerade Gunnar von einem winzigen Segelboot hinunter ins Meer gestoßen hatten. Lachend und winkend schauten sie ihm beim Ertrinken zu, während Hark zu Gunnar wurde und verzweifelt versuchte, das Boot zu erreichen. Etwas zog an seinen Füßen. Es war die Bettdecke, die sich offenbar durch seine Schwimmbewegungen um die Füße geschlungen hatte.

Im nächsten Moment war Hark hellwach. Die drei Frauen als mörderisches Trio? Das war gar nicht mal von der Hand zu weisen, dachte er, während er nach dem Telefon griff. Dadurch würde sich so manch eine Ungereimtheit erklären.

Es war Tiano. „Clara ist überfallen worden", berichtete er ohne Begrüßung und, wie immer, völlig unaufgeregt. Sie habe eine Kopfwunde davongetragen. Die Verletzung sei nicht lebensbedrohlich. „Den Täter konnte sie vertreiben. Er hat einen Kotflügel zurückgelassen. Der Notarzt ist unterwegs, die Spurensicherung alarmiert. Hein holt dich ab. Er ist in zwei Minuten bei dir."

Hark schaute auf die Uhr: zwei Minuten nach fünf. Musste er sein Bild vom mörderischen Damen-Trio gleich wieder revidieren, das ihm im Aufwachen so plausibel erschienen war?

Oder hatte es Streit unter ihnen gegeben? Oder war Gunnar zum Gegenangriff übergegangen?

Hark beeilte sich mit dem Anziehen, aber einmal blitzschnell Zähne putzen musste sein. Daher wartete Hein bereits auf ihn, als er mit einem fröhlichen „Moin" zu ihm in den Wagen stieg. Gut, dass er gestern so früh ins Bett gegangen war. Er fühlte sich trotz der frühen Stunde frisch und ausgeruht. Hein schien dieses Glück nicht zu haben. Er machte einen sehr zerknitterten Eindruck.

Clara saß, in eine Wolldecke gehüllt, auf dem Sofa. Die Beine hatte sie unter den Körper gezogen, den Körper selbst in die Sofaecke hinein gepresst. Sie zitterte. Auf der Stirn klaffte eine dicke Platzwunde mit winzigen Tropfen dunkelrot glänzenden Blutes darauf. Die Notärztin war über sie gebeugt und fing gerade an, die Wunde mit einem Tupfer zu reinigen.

Clara war unter ihrer Bräune leichenblass, ihr Blick ging geradeaus ins Nichts. Sie schien weder Petersen noch die anderen wahrzunehmen. Da Silva führte Petersen ins Geschehen ein. Viel wusste er aber auch selbst noch nicht. Clara hatte vor knapp einer halben Stunde den Notruf gewählt, die Einsatzleitstelle wiederum da Silva alarmiert. Seit 20 Minuten war er hier.

Der Täter schien die Terrassentür aufgehebelt und im Sicherungskasten über den Schutzschalter den Strom abgeschaltet zu haben. Dann war er offenbar in Richtung Schlafzimmer gegangen, von wo aus Clara ihm entgegenkam. Er schlug ihr mit einem Brecheisen auf den Kopf. Clara ging zu Boden, konnte den Angreifer aber abwehren, als der sich auf sie stürzte. Der Angreifer floh und ließ dabei das Brecheisen zurück.

Draußen, vor der Terrassentür, hatte da Silva einen dunkelgrünen Auto-Kotflügel entdeckt. Mehr hatte er noch nicht in Erfahrung gebracht.

Die Notärztin hatte Clara zu Ende versorgt und kam zu den Polizisten herüber, die sie erwartungsvoll anschauten.

„Frau Ewalds hat einen Schock erlitten und eventuell auch eine leichte Gehirnerschütterung", berichtete sie. „Die Wunde am Kopf ist aber nicht bedrohlich, der Schädelknochen unverletzt, die Augen zeigen normale Reaktionen. Am Hals gibt es Würgemale, aber auch die erscheinen mir nicht bedrohlich. Frau Ewalds hat enormes Glück gehabt!"

Der Ärztin schauderte es deutlich sichtbar bei der Vorstellung, was ohne dieses Glück passiert wäre.

„Kann ich mit ihr sprechen?", fragte der Kommissar.

„Aus meiner Sicht nichts einzuwenden", lautete die Antwort. „Wir sind hier jetzt fertig und fliegen gleich zurück. Ich hatte angeboten, sie zur Beobachtung mitzunehmen, aber sie hält es nicht für nötig. Ich selbst übrigens auch nicht."

Damit verabschiedete sie sich, und Petersen ging zu Clara hinüber.

„Wie geht es Ihnen Frau Ewalds?", fragte er behutsam, nachdem er vor ihr in die Hocke gegangen war.

Sie zeigte zunächst keine Reaktion, dann zuckte sie zusammen, wie aus einem Traum gerissen, und es kam wieder Leben in ihren Blick. Der Mund verzog sich zu einem schrägen Lächeln, aber sie antwortete nicht.

„Können wir miteinander reden?", bat Petersen.

Sie nickte kaum wahrnehmbar.

„Können Sie mir erzählen, was passiert ist?", fragte er.

„Ich weiß es selbst nicht so genau", antwortete sie mit schwacher Stimme, „aber ich versuch`s mal. Es gab ein Geräusch. Ein Krachen oder so. Davon bin ich aufgewacht. Das Licht ging nicht. Also bin ich im Dunkeln aus dem Schlafzimmer raus. Da war ein großer Schatten und ich kriegte gleich einen Schlag auf den Kopf. Dadurch bin ich umgekippt und war kurz weg. Als nächstes lag ich auf dem Boden und der Kerl über mir. Ich war echt in Panik, hab mich mit aller Kraft gewehrt und das Knie rangerissen. Das hat voll getroffen, glaube ich. Er quiekte wie ein Schwein. Dann hab ich zugeschlagen, wieder und wieder, bis er schließlich abgehauen ist."

„Haben Sie ihn erkennen können?", fragte Petersen.

Sie schüttelte den Kopf: „Nur eine dunkle Silhouette. Es war auf jeden Fall ein Mann. Ziemlich groß und breit. Und schwer. Mehr weiß ich aber nicht."

„Könnte es Gunnar gewesen sein?"

Clara schüttelte den Kopf: „Auf keinen Fall!" Dann zögerte sie ein wenig. „Glaube ich zumindest nicht. Warum sollte Gunnar das tun? Außerdem weiß ich ja, wie Gunnar sich anfühlt. Der vorhin war irgendwie anders."

Tiano und Hein waren losgefahren, um die Spurensicherer vom Landeplatz abzuholen. Jetzt setzten sie den ersten Schwung von ihnen mit ihrem Gepäck vor dem Hauseingang ab, um dann sofort wieder loszufahren und die übrigen Leute und Sachen zu holen. Zum Glück war es wieder Mike, der den Trupp leitete, stellte Petersen zu seiner Freude fest. Nichts gegen diesen Frank Müller, dachte er. Aber wer weiß, ob Mike aus den Spuren im Haus von Peer nicht dasselbe herausgelesen hätte wie Tante Lizzy. Dieser Müller hatte es jedenfalls nicht.

Petersen rief Leif an, der sich bereits nach dem zweiten Klingeln, aber hörbar schlaftrunken meldete. Er berichtete ihm kurz, was vorgefallen war und bat ihn, auf der Hut zu sein.

„Christine fragt, was denn los ist", erklärte Leif und Petersen las zwischen den Zeilen die Frage heraus, was davon er ihr mitteilen dürfe.

„Sag ihr, was ich dir gesagt habe", gestand sein Chef ihm zu.

Leif tat es, und Petersen hörte, wie Christine anbot, Clara möge doch gleich zu ihr kommen: „Sie kann dort jetzt ja nicht bleiben, und schon gar nicht allein!"

Der Kommissar übermittelte die Einladung an Clara, die dankbar nickte. Sie ging sich anziehen und ein paar Sachen zusammenpacken. Hein würde sie zu Christine bringen und ihn vorher bei Lizzy absetzen. Nach dem Duschen und Frühstücken wollte Hark dann zurückkehren und sich mit den Spurensicherern über die ersten Erkenntnisse unterhalten.

31

Tante Lizzy blickte ihn besorgt und fragend an, als er in die Küche kam.

„Clara ist gerade überfallen und leicht verletzt worden", erklärte er. „Aber sie hat sich wehren können und den Angreifer in die Flucht geschlagen. Ein großer, breiter Mann, aber nicht Gunnar, glaubt sie."

Lizzy guckte skeptisch. „Sie gehörte zu deinen Hauptverdächtigen, nicht wahr?", fragte sie.

Er nickte.

„Und wieder ein anderer Täter, der überhaupt nicht ins Bild passt?"

Er nickte erneut. Dann zuckte er mit den Schultern, gab ihr ein Küsschen auf die Wange und ging erst mal duschen.

„Brauchst du dein Auto heute oder könnte ich es mir bis zum Nachmittag ausleihen?", bat Hark während des Frühstücks.

„Von mir aus auch den ganzen Tag", antwortete Lizzy. Sie wollte ohnehin den Vormittag über die Ferienwohnung oben für Freddy und Hark zurechtmachen. Die Gäste würden mit der 9:30-Uhr-Fähre abreisen.

Hark setzte zu einem „lass mich das doch bitte nachher selber machen" an, aber seine Tante unterbrach ihn streng: „Kommt gar nicht in Frage! Such du mal in Ruhe deinen Mörder oder geh mit Freddy am Strand spazieren!" Damit drückte sie ihm den Autoschlüssel in die Hand.

Die Spurensicherung war mit ihrer Arbeit schon weit gekommen, als Hark den Fiat Panda neben Claras BMW abstellte. Aber überall auf dem Gelände wuselten noch Männer und Frauen in den typischen weißen Ganzkörperanzügen umher.

Mike kam ihm entgegen. „Wir haben, denke ich, ein paar ganz interessante Sachen für dich", strahlte er.

Hark blickte ihn gespannt an.

„Also, erst einmal haben wir wieder eine Menge Fingerabdrücke", legte Mike los. „Auf der Eingangstür, auf der Tatwaffe, auf dem Kotflügel, am Sicherungskasten! Alle von diesem Gunnar. Das haben wir schon mal hier am Laptop verglichen. Und dann gibt es auch wieder Fußabdrücke. An einer feuchten Bodenstelle hinten in den Dünen. Das gleiche Profil und die gleiche Schuhgröße wie sie die Kollegen schon hinter dem Haus von Peer gefunden hatten." Er machte eine bedeutungsvolle Pause, bevor er fortfuhr. „Aber wenn du mich fragst: Das sieht mir alles nach absichtlich gelegten falschen Spuren aus!"

„Wie kommst du darauf?", fragte Petersen überrascht und höchst interessiert. Die Vermutungen seines Freundes hatten sich in der Vergangenheit mehr als einmal als zutreffend erwiesen.

„Komm, ich zeig`s dir!" Mike zog ihn am Arm auf einen schmalen Weg in die Dünen hinein. „Schau hier: die Fußabdrücke. Nicht sehr tief, mehr nach hinten gestapft als nach vorne abgerollt. Eher so, als wäre jemand Leichtes in viel zu großen Schuhen unterwegs. Auch viel näher beisammen, als man es bei dieser Schuhgröße erwarten sollte. Zudem sehen Sie in die eine Richtung genauso aus wie in die andere. Dabei war der Täter auf dem Rückweg doch auf der Flucht und dem Bericht des Opfers nach wohl auch ziemlich angeschlagen."

Der Kommissar betrachtete die Abdrücke und musste dem Spurensicherer recht geben. Von sich aus wäre er vielleicht nicht darauf gekommen, aber dank der Erklärung sah er es jetzt auch.

„Ich habe mir noch mal die Fußabdruck-Fotos vom anderen Tatort kommen lassen", fuhr Mike fort. „Die sind zwar viel undeutlicher als diese hier, aber auch dort wurden sie vermutlich eher in den Boden gestapft als dass da jemand wirklich gegangen wäre."

„Und wir haben noch mehr!", fuhr Mike triumphierend fort und deutete in Richtung Haus.

Dort angekommen, hielt er Hark das von seinen Kollegen in Plastik gehüllte Brecheisen hin, das neben Clara auf dem Boden gelegen hatte: „Schau, hier gibt es rundum eine Menge Fingerabdrücke. Sie stammen ausschließlich von Gunnar. Zwei sind ganz klar und deutlich zu erkennen. Die meisten aber sind verwischt. Das bedeutet...?"

„Das bedeutet ... dass Gunnar dieses Werkzeug in der Hand gehabt hatte, es aber danach noch von jemandem benutzt wurde, der Handschuhe anhatte", beantwortete Petersen die in den Raum gestellte Frage. Er traute Gunnar eine gewisse Einfältigkeit zu. Aber dass er zur Vermeidung von Fingerabdrücken Handschuhe anzog, das Tatwerkzeug vorher jedoch nicht abwischte, das wäre dann doch fast schon zu dumm!

„Draußen an der Terrassentür, da, wo sie aufgebrochen wurde, ist es dasselbe", fuhr Mike fort. „Auch dort sind Gunnars Fingerabdrücke verwischt. Drinnen allerdings nicht. Er war also ganz normal rein und rausgegangen, erst danach brach jemand mit Handschuhen von außen ein. Noch deutlicher wird die Sache beim Kotflügel: Der ist mindestens zwanzig Jahre alt, aber außer einigen sehr deutlichen Fingerabdrücken von Gunnar ist überhaupt nichts darauf. Der wurde eindeutig geputzt, bevor Gunnar ihn angefasst hat, aber nicht danach. Auch hier war zumindest einer der Abdrücke von Handschuhen verwischt."

Petersen nickte anerkennend. „Wir sollten uns die Axt, mit der Peer erschlagen wurde, noch mal daraufhin ansehen!", grübelte er.

„Ich habe mir schon Fotos schicken lassen; da zeigt sich das gleiche Bild", lächelte Mike stolz, doch seine Miene verdüsterte sich sofort wieder. „Tut mir leid, Hark: Das haben wir beim ersten Mal übersehen."

Der Kommissar fand das „Wir", mit dem sich Mike die Schuld für den Fehler seiner Kollegen zu eigen machte, ehrenwert, aber nicht wirklich angebracht. „Jetzt wissen wir es ja", beruhigte er. „Ich bin jedenfalls froh, dass du es bist, der hier heute die Spurensicherung leitet."

Petersen bemerkte, dass er nach dem Gespräch mit Mike wesentlich zuversichtlicher geworden war. Die Theorie des Spurenexperten, dass bewusst falsche Fährten gelegt worden waren, deckte sich mit seinen eigenen Überlegungen: Hier lief etwas gänzlich anderes ab, als der Täter ihnen weismachen wollte. Clara hatte etwas von einem großen, breiten Mann erzählt. Dabei steckte in den Schuhen der Größe 46, mit denen die Spuren in den Dünen gelegt worden waren, eher jemand kleines und leichtes. Claras Angreifer hingegen musste ihrem Bericht zufolge tatsächlich ein zu dieser Schuhgröße passender Mann gewesen sein.

Musste es wirklich? Hark zog sein Smartphone aus der Tasche und schaute sich die Bilder an, die die Notärztin von Claras Verletzungen gemacht und an ihn gepostet hatte. Er schüttelte den Kopf: Die Wunde an der Stirn und der Schock in Claras Gesicht waren echt! Er erinnerte sich auch an ihre Blässe und ihr Zittern. Trotzdem war er nun sicher: Clara log. Nur warum sie das tat, das wusste er noch nicht. Er musste sich unbedingt mit Tante Lizzy besprechen!

32

Lizzy war oben in der Wohnung am Staubsaugen, als Hark bei ihr ankam. Sie hörte ihn nicht kommen und offenbar auch nicht rufen. Er zog den Stecker des Staubsaugers aus der Dose, bevor er sich näherte.

„Guter Junge", lobte sie mit einem breiten Lächeln. „Weiß immer noch, dass man ältere Damen nicht erschrecken darf."

Hark weihte seine Tante in die neuesten Erkenntnisse ein, und sie hörte wie immer aufmerksam zu. Dann zeigte er ihr die Fotos des Brecheisens und von der verletzten Clara.

„Der Schlag war auf jeden Fall echt", murmelte sie nach einer längeren Zeit des Betrachtens. „Vom Foto her lässt sich das natürlich nicht abschließend beurteilen, aber ich denke, dass er sie nur mäßig kräftig getroffen hat. Unserem Axtmörder hätte ich da mehr zugetraut. Wenn es tatsächlich stockdunkel war und sie ihm an unerwarteter Stelle begegnete, könnte das eine Erklärung dafür sein. Du willst sicherlich von mir wissen, ob sie sich diesen Schlag selbst verpasst haben könnte? Wenn sie die Kraft und das Geschick unseres Axtmörders hätte, wäre das durchaus möglich."

Lizzy unterbrach sich und probierte mit angedeuteten Schlägen in die Luft aus, wie man sich selbst ein Brecheisen auf den Kopf schlug.

„Ich könnte es", sagte sie schließlich lächelnd. „Ist gar nicht so schwer. Es erfordert aber eine ziemliche Konsequenz, sich so ein Ding selbst zu verpassen! Gerade wenn es aussehen soll, wie von einem Gegenüber ausgeführt. Zu den Würgemalen am Hals hat sie nichts gesagt?"

Hark verneinte die Frage.

„Naja", sagte sie. „Die sehen ein bisschen merkwürdig aus. Irgendwie ziemlich zart für einen entschlossenen Mörder, und die Hände waren nicht sonderlich groß."

„Sie hat sich gewehrt, um sich geschlagen und ihm das Knie zwischen die Beine gerammt", schilderte Hark.

„Hmmm, ja", überlegte Lizzy. „Trotzdem: Wenn ein großer Kerl sie am Hals hat, dann hat sie ihn am Hals. Das sollte anders aussehen."

Hark drehte das Smartphone zu sich und wählte die Nummer von Leif. Er war, wie immer, sofort mit einem „Hallo Chef!" am Apparat.

„Ist Clara in deiner Nähe?"

Leif bejahte und Hark ließ sie sich geben.

„Kommissar Petersen hier! Frau Ewalds, wie geht es ihnen?"

„Schon viel besser, vielen Dank!", antwortete sie. „Das ist ja lieb von Ihnen, dass Sie extra deswegen anrufen!"

„Sagen Sie", fuhr er nach einem eher halbherzigen „Gerne!" fort, „Sie haben da doch diese Würgemale an Ihrem Hals. Dazu hatten Sie gar nichts erzählt. Können Sie mir beschreiben, wie es dazu gekommen ist?"

Clara schwieg einen Augenblick, fast so, als wäre sie überrascht.

„Würgemale?", fragte sie schließlich. „Weiß ich jetzt gar nicht. Moment, ich schaue grad mal in den Spiegel. Oh! Sie haben recht! Keine Ahnung. Kann mich nicht erinnern. Ich war von dem Schlag ja ziemlich benommen, und es ging alles sehr schnell. Kann sein, dass er mich gewürgt hat. Aber wohl nicht sonderlich stark, das hätte ich sonst bestimmt trotzdem gemerkt. Nein, tut mir leid, Herr Kommissar. Dazu kann ich Ihnen leider überhaupt nichts sagen. Kann ich sonst noch etwas für Sie tun?"

Petersen verneinte und ließ sich noch einmal Leif geben. „Geh bitte mal außer Hörweite", bat er seinen Assistenten und berichtete ihm dann, was die neuesten Nachforschungen ergeben hatten. „Clara hängt da auf jeden Fall mit drin. Ob als Täterin, Mittäterin oder als ein Opfer, das von einer anderen Frau massiv unter Druck gesetzt wird, weiß ich noch nicht", schloss er. „Stell bitte sicher, dass Christine nicht mit ihr allein bleibt, aber achte bitte auch darauf, dass kein möglicher Täter an Clara oder Christine rankommt. Du bist dafür den Rest des Tages freigestellt. Und schau dir bitte ganz diskret Claras Hände an! Sie hatte, wie sie sagte, mit aller Kraft auf den Täter eingedroschen. Mir sahen die Hände vorhin unverletzt aus. Und noch eins: Kann es sein, dass Christine heute Nacht zwischen vier und fünf unterwegs war?"

Leif versicherte, dass das ausgeschlossen sei. „Vollkommen ausgeschlossen sogar, Chef!"

33

Um zehn Uhr hatten sich alle außer Leif wieder um den großen Tisch im Polizeirevier versammelt. Sie brachten einander auf den neuesten Wissensstand. Petersen versuchte, seine Indizienkette so neutral wie möglich zu formulieren. Trotzdem kamen auch die vier Inselpolizisten zum selben Schluss: Gunnar schied als Alleintäter endgültig aus, war vermutlich sogar Opfer.

Auch Christine kam als Alleintäterin nicht mehr in Frage. Clara hingegen schien zumindest beteiligt zu sein. Auch eine gemeinsame Tat von Mara und ihrem Segelschullehrer, Frederik Svalland, lag unverändert im Bereich des Möglichen. Ebenso ein gemeinsames Handeln aller drei Frauen.

Die KO-Tropfen passten in keine der möglichen Theorien.

„Vielleicht wirklich nur ein weiteres Ablenkungsmanöver", brachte Tiano auf den Punkt, was sie alle darüber dachten.

Tatsächlich aber hatten sie zum jetzigen Zeitpunkt keinen einzigen Beweis für irgendetwas. Lediglich einige wenige Indizien, und selbst die konnten noch nicht auf einen Täter konkretisiert werden. Sie würden weiter suchen müssen.

Und vor allem galt es, Gunnar zu finden. Die „Insel-Zeitung" hatte inzwischen sein Bild veröffentlicht und in dramatischen Worten geschildert, dass er verschwunden sei. Außerdem hatte sie zu Petersens Leidwesen damit begonnen, die „Volvo-Morde" wieder aufzurollen. Aktuelle Ergebnisse hatte er den Journalisten aber ja leider noch nicht bieten können. So spekulierten sie nun auf Basis des Alten am Neuen herum.

„Jeder macht halt seinen Job!", hatte Momsen gesagt, als er dem Reporter beim Telefonat vorhin Vorwürfe dazu machte. „Aber vielen Dank für die Infos zum Überfall auf Frau E."

Petersens Handy klingelte. Es war Leif.

„Hallo Chef! Ich habe mir inzwischen Claras Hände ansehen können. Sie hat tatsächlich hauchfeine Abschürfungen an den Knöcheln von Zeige- und Mittelfinger. Auf beiden Seiten. Könnten von Fausthieben auf den Angreifer stammen. Außerdem hat sie ein paar gewaltige Blasen und Abschürfungen an den Innenseiten ihrer Hände. Ebenfalls auf beiden Seiten."

„Hast du sie dazu befragen können?", wollte Petersen wissen.

„Ja! Sie sagt, sie habe am Dienstag zwei Stunden lang Holz gehackt und dummerweise keine Handschuhe dabei angezogen. Ich habe ihr eine Salbe aus der Apotheke kommen lassen."

Der Grund für die Blasen klingt durchaus plausibel, dachte der Kommissar. Und auch die tatsächliche Abwehr eines Gegners ließ sich jetzt nicht mehr so einfach ausschließen.

„Wieder mal ein Punkt für Sie, Clara Ewalds", murmelte er. Aber er wurde immer zuversichtlicher, das Lügengeflecht, das der Täter ihnen hier mit viel Phantasie, aber auch mit deutlichen Patzern in der Ausführung präsentierte, in naher Zukunft zerreißen zu können. „Hoffentlich, bevor noch jemand weiteres zu Schaden kommt!"

Hark sah auf die Uhr. Freddy hatte ihm eine Nachricht geschrieben, dass sie die Fähre um 9:40 Uhr ab Dagebüll erreicht hatte. Sie würde in etwa 20 Minuten ankommen. Zeit, ein wenig Abstand zu diesem verworrenen Fall zu nehmen und ins Wochenende zu gehen. Die Polizisten versprachen, einander zu informieren, wenn etwas vorfiel.

„Und morgen sehen wir uns ja ohnehin", sagte Tiano.

Petersen schaute ihn überrascht an.

„Na, beim Insellauf. Da wird Amrums gesamte Staatsmacht auflaufen und für Ordnung sorgen."

34

Freddy hatte das Auto auf dem Inselparkplatz in Dagebüll gelassen. Nun kam sie Hark mit ihrem Rollköfferchen in einem Pulk von Fußgängern entgegen, der sich aus dem geöffneten Heck der Fähre auf die Insel ergoss. Sie winkte ihm zu, als sie ihn entdeckte.

Sein Herz tat einen gewaltigen Sprung. Nach 25 Jahren Ehe war er immer noch genauso verliebt wie damals, als sie sich zum ersten Mal gesehen hatten. Das war auf einer Demonstration in Lübeck gewesen. Er schützte als Bereitschaftspolizist eine Heringskonservenfabrik. Sie hatte sich als Demonstrantin direkt vor ihm aufgebaut und ihm eine unendlich lange Zeit in die Augen geschaut. So standen sie auch noch da, als alles um sie herum in Bewegung geriet und die zierliche junge Frau die Demonstrantenströme allein durch ihre Ausstrahlung um sie herumleitete. Abends hatte sie ihn dann in einer Kneipe in Kiel getroffen, ihn ihr Bier zahlen lassen und ihn zu sich nach Hause geschleppt. Sie würden für immer zusammenbleiben. Das war ihnen schon damals klar.

Mit verliebtem Lächeln genoss Hark den Anblick seiner Frau. Sie war nur 1,67 Zentimeter groß, zierlich wie eh und je. Aber noch immer schuf sie allein durch ihre Präsenz einen Pol der Ruhe um sich herum. Die wuselnde Masse der aufgeregt auf die Insel strömenden Feriengäste bedrängte sie nicht. Es blieb ein fast körperlich spürbarer Freiraum um sie herum, als sie lachend die Rampe herauf kam. Ein leichter Wollpullover über der verwaschenen Jeans. Wanderstiefel.

„Die pure Eleganz", dachte Hark schwärmerisch. Dann endlich konnte er sie in die Arme schließen.

Sie ließen das Köfferchen im Fiat, den Hark auf dem Parkplatz hinter dem Fährgebäude abgestellt hatte. Dann schlenderten sie Arm in Arm munter plaudernd ins Dorf. Im Garten eines Cafés war gerade ein Strandkorb freigeworden. Sie kuschelten sich hinein und ließen sich von der Mittagssonne aufwärmen, während sie einander bei Kaffee und einer Kleinigkeit zu essen erzählten, was sie in den zwölf Tagen seit ihrem letzten Zusammentreffen bewegt hatte.

Mordermittlungen und Patientenakten blieben dabei erst einmal außen vor. Das würde erst im Laufe des Tages nach und nach zum Thema werden. Einmal poppte bei Freddy eine Nachricht auf. Es ging um eine Nachfrage zur Medikation einer Herzinfarktpatientin. Während sie antwortete, ploppte es auch bei Hark. Leif berichtete, dass Clara sich gefangen hatte und nun doch wieder nach Hause wolle. Allein!

„Nicht zu ändern!", schrieb er zurück. „Bleib bei Christine!"
Es kam ein breit grinsender Smiley als Antwort.

Auf dem Weg zurück zum Auto kaufte Freddy noch schnell
eine Windjacke.

„Hatte ich in der Eile heute Morgen liegenlassen", erklärte
sie bedauernd, bevor sie den Laden betraten. Dann aber wandelte sich ihr Bedauern in Glück.

„Schau, so eine wollte ich immer schon mal haben", strahlte
sie und hielt Hark eine schmal geschnittene, leuchtend blaue
Regenjacke vor die Nase. „Schau nur, wie toll die mir steht!",
freute sie sich.

Er nickte begeistert und sie behielt sie gleich an.

Tante Lizzy war beim Rasenmähen, stellte den Mäher aber
sofort aus, als sie sie kommen sah. Die Frauen umarmten sich
herzlich. Die beiden hatten damals, als Hark Freddy zum ersten Mal mit auf die Insel gebracht hatte, in Sekundenschnelle
ein inniges Verhältnis aufgebaut, das nun schon ein Vierteljahrhundert anhielt. Freddy hatte damals noch Biologie studiert, bevor sie, nach dem Vordiplom, zu Medizin überwechseln konnte. Die Frauen konnten stundenlang über marine
Ökosysteme, Vogelschutz und nachhaltige Fischerei fachsimpeln, während Hark mit den Kindern Sandburgen baute, in den
Wellen herumtobte oder Drachen steigen ließ.

Lizzy entschuldigte sich. Wegen des Insellaufs würde sie
am Nachmittag und Abend leider viel zu tun haben. Aber eine
halbe Stunde hatte sie noch. Die Frauen nutzten sie zum Gespräch, während Hark sich hinten im Garten in den Strandkorb
setzte, um Tiano zurückzurufen, der ihm eine Nachricht geschickt hatte.

Er habe in den letzten Tagen viel nachgedacht, wie Insiderinformationen zu den Volvo-Morden nach außen gedrungen
sein konnten, berichtete da Silva. Dabei waren ihm Marie Krawinkel und Björn Niemann in den Sinn gekommen. Die beiden
Polizeimeister waren in der Saison letztes Jahr bei fast allen
Einsätzen dabei gewesen. Er hatte zunächst Marie angerufen,

die sich sicher war, mit niemandem über Einzelheiten gesprochen zu haben. Aber Björn hatte geplaudert, wie er unumwunden zugab.

„Er war kurz vor Ende seines Dienstes mehrmals Clara Ewalds über den Weg gelaufen", schilderte Tiano. „Sie hatte ihn heftig angeflirtet, und er war trotz der zehn Jahre Altersunterschied nicht abgeneigt. Er fand sie unglaublich attraktiv. Eine Affäre war dann trotzdem nicht daraus geworden. Nur ein bisschen Händchenhalten und viele lange Gespräche. Er hatte es damals und bis heute nicht überraschend gefunden, dass sie ihn dabei nach allen Details der Volvo-Morde gefragt hatte. Sie war ja eine enge Verwandte der Opfer. Und weil der Fall längst abgeschlossen gewesen war und sie ein berechtigtes Interesse hatte, habe er keinen Grund gesehen, nicht ein bisschen was zu erzählen. Zu dem *Bisschen-was* gehörten auch die Tötungsarten sowie die Kotflügel und deren genaue Rolle. Kurz zusammengefasst, Hark: Unsere aktuelle Hauptverdächtige hat alle Insider-Informationen. Aber natürlich kann sie sie ihrerseits noch weitergegeben haben."

Hark bedankte sich und legte auf. „Schon wieder Clara", dachte er fast erstaunt.

Den Nachmittag verbrachten Freddy und Hark mit einem sehr langen, aber pausenreichen Spaziergang, der sie zunächst durch den Wald zur Vogelkoje führte. Freddy kaufte, wie immer bei dieser Gelegenheit, Futter und lockte damit einige Graugänse in ihre Nähe. Dann schauten sie Arm in Arm dem Treiben auf dem Spielplatz zu. Sie erinnerten sich gegenseitig an die Zeit, als sie hier mit den eigenen Kindern getobt und innige Momente genossen hatten.

Die kleine offene Hütte am linken Spielplatzrand schien kürzlich abgerissen worden zu sein. Schade! Sie war so oft ihr „Kaufmannsladen" gewesen, in dem mal Max, mal Beckie ihnen Tannenzapfen zum Kauf angeboten hatte oder Stöckchen. Manchmal gingen sogar Kaninchenködel über die „Ladentheke".

Auch die Rutsche war ein Renner gewesen. Doppelt so hoch wie die im eigenen Garten in Kiel! Wie stolz war die kleine Beckie gewesen, als sie sich das erste Mal da hinunter getraut hatte!

Von der Vogelkoje aus gingen sie rechts am Damwildgehege vorbei zum Dünental. Seit ein paar Jahren stand hier ein Haus, das einem Gebäude aus der Jungsteinzeit nachempfunden war – mit niedrigen Wände aus Grassoden, einem bis fast zum Boden gezogenen Reetdach und Balken, die, zumindest ursprünglich, mit Seilen zusammengehalten wurden.

Unter diesem Dach wohnten Mensch und Tier damals gemeinsam: links die Menschen rund um eine Feuerstelle, deren Rauch durch ein einfaches Loch im Dach abziehen konnte. Rechts die Stallungen für Kuh, Schwein oder Schaf. Freddy und Hark versäumten es fast nie, auf diesem Weg zum Strand in das Haus hineinzuschauen und die Wohnsituation der Menschen von vor 2000 Jahren auf sich wirken zu lassen. Was für ein hartes Leben muss es damals gewesen sein, selbst für jene, die ein eigenes Haus und Vieh ihr Eigen nannten!

Auf der anderen Seite des Dünentals betraten sie einen Bohlenweg, der für sie zu den schönsten der Insel gehörte. „Wer nicht will, findet Gründe, wer will, findet Wege", hatte hier jemand mit Permanentstift auf einer der Bohlen hinterlassen und einem „Gerard" zugeschrieben.

„Da hat er nicht unrecht", meinte Freddy, und sie philosophierten eine Weile über diesen Satz, während sie dem Weg durch die ausgedehnte, mit Heidekraut, Krähenbeeren, Heckenrosen und struppigem Gras bewachsene Dünenlandschaft folgten.

Am Ende des Weges stand das Quermarkenfeuer. Dieser vergleichsweise kurze, aber auf einer hohen Düne errichtete Leuchtturm war ein wichtiger Orientierungspunkt für jeden, der die teils gefährlich flachen Gewässer zwischen Amrum und Sylt befuhr. Und er war ein beliebter Anziehungspunkt für die Feriengäste, die von den Bänken zu seinem Fuße aus einen weiten Blick über Dünen und Meer genießen konnten.

Auch Freddy und Hark stiegen die hölzernen Treppenstufen zu dem kleinen, aber malerischen rot-weißen Türmchen hinauf und ließen für eine Weile die Weite des Blicks auf sich wirken.

Danach führte ihr Weg eine weitere lange Holztreppe hinunter zum Strand und durch die jedes Jahr weiter wachsenden Vordünen zum Meeressaum, dem sie in Richtung Süden, die Sonne im Gesicht, bis nach Nebel folgten.

Harks Telefon klingelte. Die Nummer des „Störtebeker".

„Na, hoffentlich sagen die nicht unseren Tisch für heute Abend ab", sagte er und ging ran.

Es war Peter, der Wirt.

„Hey Hark", sagte er. „Ich sehe hier gerade deine Reservierung für heute Abend. Kommst du mit Freddy? Wir hätten ein paar Seezungen. Heute Morgen gefangen. Riesig! Aber nur fünf Stück. Soll ich zwei für euch zur Seite legen lassen?"

Freddy nickte begeistert und Hark gab die Freude so weiter. Jetzt sahen sie dem Abend noch begeisterter entgegen.

Am Strand vor Nebel legten die beiden eine Pause ein und holten sich im Kiosk einen Kaffee. Die bequemen Freiluft-Sessel mit ihren breiten Armlehnen waren bei diesem schönen Wetter leider schon alle besetzt, aber an den Tischen war noch ausreichend Platz.

Sie setzten sich dort auf eine der Bänke und schauten eine Weile, schweigend aneinander gelehnt, dem maritimen Treiben zu. Das auflaufende Wasser hatte fast seinen Höchststand erreicht, es war mild. Viele nutzten die angenehmen Temperaturen zum Baden.

„Lust, ins Wasser zu gehen?", fragte Hark.

„Hast du ein Handtuch dabei?", fragte sie zurück.

Er deutete auf seinen Rucksack und nickte: „Zwei Stück sogar!"

Aber keine Badekleidung. Nacktbaden war auf Amrum grundsätzlich kein Problem, aber dort, wo sie jetzt waren, war Textil angesagt. Daher gingen sie erst noch ein paar hundert Meter weiter in Richtung Süddorf, bevor sie ihre Kleidung zu einem Häufchen am Strand schichteten und ins Meer hinein liefen.

Das Wasser war kühl, aber herrlich. Sie warfen sich den Wellen entgegen, ließen sich ein Stückchen von ihnen mittragen, bis sie im flachen Wasser brachen und ausliefen. Dann rannten sie erneut hinaus, bespritzten sich gegenseitig mit Wasser. Wenn eine Welle ihnen hoch genug erschien, ließen sie sich wieder von ihr in Richtung Ufer mitnehmen.

Eine Viertelstunde spielten sie im Meer. Dann wurde es langsam zu kalt. Sie liefen ans Ufer zurück, trockneten sich ab, legten sich auf die nassen Handtücher und ließen sich von der Sonne aufwärmen. Dann erst zogen sie sich wieder an und setzten ihren Weg in Richtung Süden fort.

„Pommes?", fragte Hark, als sie in Höhe des Strandübergangs Süddorf angekommen waren.

„Eine Portion zum Teilen?", schlug Freddy vor.

„Perfekt!"

Sie gingen über den Bohlenweg zum Strandübergang hoch. Freddy setzte sich an einen der sonnigen Tische vor dem Strandimbiss, Hark ging hinein und kam ein paar Minuten später mit einer Portion Pommes und zwei Gläsern Bier zurück. Das Leben konnte so schön sein!

„Bis Wittdün weiterlaufen?", fragte Hark, als die Biere geleert und die Pommes frites verspeist waren.

„Oder vor dem Abendessen noch ein bisschen hinlegen?", fragte Freddy zurück und sah ihm dabei tief in die Augen.

Er zog wortlos sein Smartphone aus der Tasche und wählte den Taxiruf. „Ja, in fünf Minuten am Parkplatz beim Weg zum Süddorfer Strand!"

Lachend liefen sie Hand in Hand auf dem schmalen asphaltierten Weg durch den Wald dem Taxi entgegen. Sie hatten es plötzlich sehr eilig, nach Hause zu kommen.

35

Erst kurz nach sieben machten Freddy und Hark sich ausgehfein. Wenig später waren sie bestens gelaunt und entspannt auf dem Fußmarsch zum „Störtebeker". Sie liebten den sandigen Weg am Watt entlang von Nebel nach Steenodde. Ganz besonders jetzt, in der beschaulichen Abendstimmung, wenn die Natur und meist auch der Wind zur Ruhe kamen.

Die Sonne stand bereits tief und würde noch während sie auf dem Weg waren zur Gänze hinter dem Horizont verschwinden. Die Leuchttürme schickten längst ihr Licht auf das Meer hinaus. Über den noch azurblauen Himmel zogen bauschige Wolken. Sie leuchteten in allen Abstufungen von weiß bis grau. Mit sinkender Sonne mischten sich immer mehr Orange-, Anthrazit- und Violetttöne in sie hinein.

Das Wasser hatte sich weit zurückgezogen und den mit Algenbänken bedeckten Meeresboden freigegeben. Er war deutlich dunkler und schlickiger als auf der Seeseite, von Braun-, Oliv- und Ockertönen durchzogen, und bot jetzt dort, wo er trockengefallen war, zahllosen Vögeln eine unerschöpfliche Nahrungsquelle.

Wasserlachen waren beim Rückzug des Meeres zurückgeblieben und spiegelten das Blau, Grau, Orange, Violett und Weiß des Himmels. Das helle Pfeifen umherjagender Austernfischer füllte die Luft. Es vereinte sich mit den dunklen Rufen der Eiderenten und Ringelgänse, die auf dem Wattboden nach Nahrung suchten. Hier und da kreischte eine Möwe.

Die erhabene Stimmung ließ die Menschen innehalten. Spaziergänger hatten sich auf die Bänke gesetzt und genossen still die Bühne, auf der die Natur ihr friedvolles Schauspiel inszenierte. Fahrradfahrer waren abgestiegen, standen am Wegesrand und blickten auf das Wattenmeer hinaus. Zwei Fotografen hatten mit Stativen und langen Teleobjektiven auf der höchsten Stelle des Kliffs Position bezogen. Auch Freddy und Hark waren engumschlungen stehen geblieben und genossen das anrührende Bild und die von den Geräuschen und Gerüchen der

Meereslandschaft erfüllte Luft. Es fiel ihnen schwer, sich schließlich wieder davon loszureißen und ihren Weg nach Steenodde fortzusetzen.

Vor dem „Störtebeker" zeigte ein Schild, dass heute ohne Reservierung kein Platz mehr zu bekommen war. „Full House!" An einem Freitagabend in der Saison hätten sie es kaum anders erwartet. Tatsächlich war drinnen jeder Platz besetzt, mit Ausnahme des für sie freigehaltenen Bistrotisches. Peter begrüßte sie herzlich, führte sie zu ihrem Platz.

„Karte?" Die brauchten sie heute nicht. Die Seezunge war ja bereits beschlossen. Dazu eine große Flasche Wasser und ein trockener Riesling. Für jeden nur ein Glas. Morgen war ja Insellauf. Als „Gruß aus der Küche" brachte Peter ihnen ein kleines Gläschen mit Kürbiscremesuppe. Der frühe Herbstbote war ein genussvoller Auftakt! Sie ließen die Küche herzlich zurück grüßen.

Die Seezungen waren herausragend. Goldbraun gebraten, füllten sie die großen rechteckigen Teller fast vollständig aus. Ein Salatbukett, einige Salzkartoffeln mit Petersilie und eine Zitrone fanden gerade noch so Platz neben ihnen. Die Fische waren auf den Punkt gegart, ihr festes Filet ließ sich mühelos von der Gräte lösen. Es schmeckte unvergleichlich gut, und der Riesling rundete dieses Mahl zur Perfektion ab.

Freddy und Hark genossen schweigend, fühlten und schmeckten jeder einzelnen Gabel nach, sahen einander nur hin und wieder schwärmerisch glücklich in die Augen. Peter blickte aus der Hektik hinter dem Tresen von Zeit zu Zeit zu ihnen hinüber. Er freute sich daran, wie versunken die beiden ihren Fisch genossen. Ein Genuss, der fast physisch spürbar um sie herum ausstrahlte. So hatte er es sich vorgestellt, als er sie am Nachmittag wegen der Seezungen anrief. Er kannte die beiden schon lange.

Nach dem Abräumen ließen Freddy und Hark das Festmahl noch eine ganze Weile in ihrem Geist und auf ihren Zungen nachklingen. Erst dann war wieder Raum für den Gedanken an ein Dessert. Freddy wählte eine Crème brûlée, für Hark gab es Rote Grütze mit Vanilleeis. Jeder probierte genüsslich beim anderen. Ganz zum Schluss gab es für beide Espresso.

„Noch einen Obstbrand aufs Haus?", fragte Peter beim Bezahlen.

„Heute nicht. Insellauf!", dankte Freddy nicht ohne Bedauern.

„Aber du könntest doch", wandte Hark ein. Sie schüttelte lächelnd den Kopf.

36

Als Freddy am nächsten Morgen in Laufkleidung aus dem Bad kam, wusste Hark den Grund für die Zurückhaltung seiner Frau am Vorabend.

„Glückwunsch, Herr Kommissar", schimpfte er sich innerlich. „Da hast du ja auf der ganz langen Leitung gestanden."

Sie grinste ihn breit an. Die Überraschung war ihr gelungen. „Die Kurzstrecke sollte ich schaffen", sagte sie. „Ich habe in den letzten Monaten ein bisschen häufiger trainieren können."

In früheren Jahren hatte der Start- und Zielpunkt für den Insellauf direkt im Ortskern von Nebel gelegen. Beim „Haus des Gastes". Nun hatte man ihn aus dem Dorf hinaus zum Nebeler Schullandheim verlegt. Für Freddy und Hark eine Möglichkeit, sich auf dem Weg dorthin schon mal warmzulaufen. Tante Lizzy hatte ihre Wohnung bereits lange vor ihnen verlassen. Sie war ja in die Organisation und Betreuung des Laufs einbezogen. Auch am Startpunkt trafen sie sie nicht, denn sie war gerade unterwegs und verteilte Becher und Getränke an die Streckenposten, die den vorbeikommenden Läufern später die Erfrischungen reichen würden.

Beim Schullandheim war schon eine Menge Betrieb, als sie dort eintrafen. Männer und Frauen in Funktionskleidung liefen sich warm oder lockerten sich und stretchten. Autos standen dicht an dicht an den Wegrändern. Die vollzählig vor Ort erschienene Polizeimacht der Insel ignorierte die ungezwungene Art, mit der die Organisatoren und Laufteilnehmer ihre Fahrzeuge abgestellt hatten. Hauptsache, es stand keiner auf der Laufstrecke selbst!

Tiano und Hein begrüßten Freddy besonders herzlich. Sie hatten sich schon seit dem Sommerurlaub nicht mehr gesehen. Neues zum Mordfall gab es nicht zu besprechen. Sowohl Petersen als auch die Uniformierten hatten gerade anderes im Kopf.

Freddy und Hark schrieben sich ein, erhielten ihre Startnummern, gingen umher, um warm zu bleiben. Ein Mann mit kurzen, blonden Haaren, ebenfalls in Laufkleidung, irritierte sie. Er schaute immer wieder zu ihnen hin.

„Kennst du ihn?", fragte Freddy.

Hark schüttelte den Kopf. Aber auch der Mann bemerkte, dass er bemerkt worden war, schien zu zögern, kam dann aber auf sie zu und grüßte höflich.

„Entschuldigen Sie bitte, dass ich so gucke", bat er. „Sie sind doch der Kommissar aus Husum?"

Hark nickte, hatte aber wenig Interesse daran, mit einem Neugierigen über seine Arbeit zu sprechen.

„Ist vielleicht völlig blöd, Sie darauf anzusprechen", erklärte der Mann, dem Harks offenes Desinteresse nicht entgangen war. „Aber hier auf der Insel ist ja jemand verschwunden, und mir war da in der letzten Woche so eine merkwürdige Sache aufgefallen."

Harks Interesse wuchs, während der Mann ein Smartphone aus der Tasche zog, die Fotogalerie aufrief und Hark eines der Bilder vors Gesicht hielt. Es zeigte eine Kuhle, doppelt so breit wie lang. Aufgenommen aus der Vogelperspektive.

„Mein Name ist Dennis Lohmann. Ich mache Hubschrauber-Rundflüge über die Inseln", erläuterte der Mann. „Vor zehn Tagen, am Mittwochvormittag, fiel mir eine Stelle abseits des Tanenwai auf, wo plötzlich große blaue Planen lagen. Auf einer Lichtung mitten im Nirgendwo. Das fand ich merkwürdig. Ich bin dann am Nachmittag mit anderen Gästen noch mal über die Stelle geflogen. Da war ein Loch zwischen den Planen entstanden und Sand auf das Plastik geschaufelt worden. Wie auf einem Friedhof, dachte ich. Danach bin ich dann ein bis zwei Mal am Tag darüber geflogen. Bis Sonntag. Das Loch wurde immer tiefer. Montag bis Mittwoch war ich nicht hier. Als ich dann am Donnerstag noch einmal ganz neugierig über die Stelle geflogen bin, war nichts mehr davon zu sehen. Absolut gar nichts! Wischen Sie bei den Fotos ruhig ein wenig hin und her. Da sind Bilder von den verschiedenen Tagen zu sehen."

Hark tat es. Tatsächlich erinnerte das, was er sah, an den Grabaushub auf einem Friedhof. Oder, naja, auch an alles mögliche Andere.

„Haben Sie jemanden graben sehen und wissen Sie, wo genau das ist?", fragte er den Piloten.

„War nie jemand da, aber manchmal eine Schaufel im Sand", antwortete der. „Was den Ort angeht: Das ist wohl im Dreieck zwischen Tanenwai und Hiaswai in Richtung Satteldüne. Auf dem nächsten oder übernächsten Bild können Sie ein Haus sehen, das ein bisschen entfernt davon steht."

Hark hatte das Haus noch nie zuvor gesehen, aber das musste nichts heißen.

„Darf ich das mal meinem Kollegen zeigen?", fragte er, und als Dennis Lohmann eifrig seine Zustimmung nickte, ging er mit dem Foto zu Tiano rüber. Er schilderte kurz, was er gehört hatte und zeigte das Bild. Da Silva zog überrascht die Stirn kraus, dann winkte er Hein heran.

„Schau mal Hein, ist das hier das Haus, von dem ich glaube, dass es das ist?", fragte er ihn ohne weitere Erklärung.

„Wenn du das ehemalige Haus von Karl meinst, dann liegst du richtig", nickte Hein.

„Karl Olufsen?", fragte Hark aufgeregt.

Auch hierzu nickte Hein.

„Wem gehört das heute?", wollte er wissen. Doch darauf konnten ihm die Inselbeamten keine Antwort geben.

„Aber warte", sagte Tiano. „Da drüben ist Eva. Die macht die Liegenschaften im Gemeindebüro. Ich geh mal fragen."

Während er dies tat, brachte Hark das Smartphone zu seinem Eigentümer zurück und bat, ihm die Fotos doch bitte gleich auf sein Handy zu schicken. Der tat es sofort, offenkundig erleichtert darüber, den Kommissar nicht umsonst belästigt zu haben.

Da Silva kam von der Gemeindemitarbeiterin zurück. Seine Miene war angespannt.

„Clara Ewalds", raunte er und Hark bemerkte an Tiano eine deutliche Unruhe. Sehr ungewöhnlich bei diesem von Natur aus ruhigen Mann! Doch auch er selbst verspürte plötzlich ein ungeheures Kribbeln im Bauch. Es war der erste brauchbare Hinweis aus der Bevölkerung, den sie überhaupt in diesem Fall bekommen hatten! Und auch der führte wieder zu ihrer de facto Hauptverdächtigen. Zu Clara!

„Kannst du hier weg; kannst du den Durchsuchungsbeschluss besorgen, am besten auch gleich die Spurensicherung mit Leuten zum Graben?", fragte er den Inselkollegen.

„Und wie ich hier wegkann!", nickte da Silva. „Wird jetzt am Samstagmorgen aber wohl ein paar Stunden dauern, bis wir eine richterliche Verfügung haben. Nur fürs Grundstück?"

„Ja, erst einmal nur fürs Grundstück", stimmte Petersen zu. „Wenn wir finden, was ich erwarte, folgen aber sicherlich auch das Haus von Karl Olufsen und das Haus von Frau Ewalds."

Aber was er erwartete, war ihm eigentlich gar nicht so richtig klar. Noch eine Leiche? Die von Gunnar? Aber wie hätte Clara Ewalds so ein Loch ausheben und einen bestimmt 100 Kilogramm schweren Mann dort hinschleppen und vergraben können? War es doch ein Mördertrio aller drei Frauen? Hark beschloss, Leif erst einmal nicht zu informieren. Er war im Moment einfach in jeder Beziehung zu nah an Christine.

Freddy hatte die ganze Szene aus einiger Entfernung mitverfolgt. Sie war nur mäßig irritiert. Plötzliche Entwicklungen, die eine schnelle Entscheidung oder ganz neue Pläne notwendig machten, kannte sie als Ärztin zur Genüge. Aus ihrer Krankenhauszeit natürlich noch mehr als jetzt in ihrer Hausarztpraxis.

Hark ging zu ihr hinüber und erklärte im Groben, was sich ergeben hatte. „Die Langstrecke kann ich jetzt nicht laufen", eröffnete er ihr abschließend. „Viel zu aufgeregt, und ich werde meine Kräfte heute vielleicht noch brauchen. Ist's okay, wenn ich dich auf der Kurzstrecke begleite?"

Sie lachte: „Aber ich gebe das Tempo vor!"

Damit war er einverstanden.

Vom Lauf, von der Insel, selbst von Freddy bekam Hark in den nächsten anderthalb Stunden nicht wirklich viel mit. Sein Inneres war so abgelenkt, dass er Mühe hatte, überhaupt mit seiner überraschend gut trainierten Frau mitzuhalten. So kam er stärker keuchend ins Ziel als sonst nach der doppelten Strecke und deutlich mitgenommener vom Lauf als Freddy.

Hein stand gemütlich an seinen Streifenwagen gelehnt am Zielort Schullandheim, als Hark dort schnaufend ankam. Er winkte ihm mit einem Blatt Papier.

„Ist schon da", rief er dem Vorbeilaufenden zu.

Hark und Freddy rannten trotzdem noch die 20 Meter bis zur Ziellinie weiter. Das musste jetzt sein. Ebenso wie ein großer Becher Wasser. Erst dann kamen sie, in Decken gehüllt und jeder einen zweiten Becher Wasser in der Hand, zum Inselpolizisten herüber. Hein fuhr sie zum Duschen und Umziehen nach Hause und dann in den Tanenwai, wo die Spurensicherung gerade angefangen hatte, das Gelände abzusperren.

37

Gunnar schüttelte über sich selbst den Kopf. Aber eher belustigt und ganz ohne Vorwurf. Er stand zu seiner Schwäche.

Er kostete sie sogar genüsslich aus. Clara konnte mit ihm spielen, wie sie wollte. Natürlich war ihm völlig klar, dass sie ihm gegenüber niemals mehr als Freundschaft würde aufbringen können. Vielleicht noch nicht einmal das. Aber solange sie ihn überhaupt in ihre Nähe kommen ließ, war ihm jede Investition dafür recht. Clara müsste nur „hopp!" sagen, dann spränge er durch einen brennenden Reifen. Selbst, wenn er sich damit vor Publikum lächerlich machen würde.

Aber meistens sagte seine Cousine gar nicht „hopp", sondern traf sich einfach so mit ihm und Peer. Auf einen Kaffee, auf ein Bier oder sogar mal zum Essen. Und wenn sie „hopp" sagte, dann bislang immer ohne brennenden Reifen. So wie vor zwei Wochen, als er ihr beim Ausräumen von Karls altem Werkzeugschuppen geholfen hatte. Oder wie jetzt gerade! Sie hatte ihm am Morgen eine Whatsapp-Nachricht geschrieben:

„Kaputtes Rad!" Dahinter ein Smiley mit Schmollmund.

Eine Minute später schrieb sie „Um 12?" und ein Herz davor und dahinter.

Er hatte (natürlich!) sofort einen nach oben gerichteten Daumen und einen breit lächelnden Smiley mit einem „Geht klar!" zurückgeschickt. Ein Herzchen traute er sich nicht.

Clara war in Gunnars Tag- und Nachtträumen schon oft die Hauptdarstellerin gewesen, seit sie vor gut zehn Jahren das erste Mal auf die Insel gekommen war. Als uneheliches Kind seines Onkels Karl, der bis dahin wohl selbst nichts von ihr gewusst hatte. Dass Karl, der egoistische alte Geizhals, ihr dann im Handumdrehen eine seiner Ferienwohnungen überschrieben hatte und Clara zudem noch mit wohl nicht unerheblichen monatlichen Zahlungen unterstützte, war in der Familie ein oft und mit großer Verwunderung diskutiertes Thema gewesen.

Aber Clara hatte sich ihnen allen gegenüber immer freundlich und aufgeschlossen gezeigt. Sie kam sogar mit ihren miesen Halbbrüdern Lars und Sören zurecht und mit Gunnars eigenem, noch mieserem Bruder Sven. Allerdings war sie seinerzeit nicht so oft auf der Insel gewesen. Nur ein oder zwei Monate im Jahr. Höchstens!

Nachdem Karls Leiche vor gut vier Jahren auf Föhr angeschwemmt wurde, schaffte sie es, sich ihren Teil des Erbes zu sichern, während Mara von ihren Brüdern ganz offenkundig über den Tisch gezogen wurde und weitgehend leer ausging. Als dann aber auch Lars und Sören im letzten Frühjahr ums Leben gekommen waren, erbten sie und Mara jede ein derartiges Vermögen, dass Clara doch ganz nach Amrum zog. Allein von den Mieteinnahmen der vielen Immobilien konnte sie luxuriös leben. Seither trafen er und Peer Clara mindestens ein- bis zweimal pro Woche, und sie tauchte nicht mehr nur gelegentlich in Gunnars Träumen auf, sondern beherrschte sie vollständig.

Ungeduldig hatte Gunnar den Morgen über immer wieder auf die Uhr geschaut. Dann, endlich, um 11:50 Uhr, konnte er aufbrechen. Er sagte Peer Bescheid, der etwas grummelte, weil er den Laden „mal wieder" alleine schmeißen müsse. Das war aber sicherlich nicht böse gemeint. Und wenn: Für Gunnar gab es in diesem Moment wichtigeres als die Laune seines Bruders.

Er legte seine Werkzeugtasche in den Range Rover, den er auf dem Parkplatz am Smäswai abgestellt hatte, und brauste los Richtung Großdüne, wo Clara eines der schönsten Häuser aus ihrer Erbschaft selbst bezogen hatte. Es lag wie das Haus von Peer und Gunnar am Tanenwai, aber leider viele Kilometer entfernt in die andere Richtung. Schon fast am Leuchtturm.

Gunnar nahm daher die Landstraße bis zum Leuchtturm und fuhr erst von dort aus in den Tanenwai hinein. Nur ein kurzes Stück, dann bog er in den schmalen, Sandweg ab, der durch die Bäume zum Haus führte. Vom Tanenwai aus waren das reetgedeckte Haus und das mit Dünengras und buschartigen Nadelbäumen bedeckte Grundstück nicht zu sehen.

Er stellte seinen Wagen neben Claras BMW Sportcoupé und ging erwartungsvoll auf die mit Schmiedeeisen beschlagene, dunkelgrün gestrichene Eingangstür zu. Gunnar betätigte den löwenköpfigen Klopfer und drückte gleichzeitig den Türgriff nach unten. Verdammt! Abgeschlossen! Was sollte denn das jetzt? Ein Gefühl maßloser Enttäuschung wischte Gunnars eben noch erwartungsvolle Hochstimmung im Bruchteil einer Sekunde davon. Er fühlte sich, als wäre durch ein riesiges Ventil alle Luft aus dem Körper entwichen. Hatte sie ihn vergessen? War er zu früh? Er klopfte gegen die Tür, lauschte. Musik? Ja, da war Musik zu hören. Leise nur, doch eindeutig Jazzmusik. Eher von außerhalb, vom Grundstück, als von drinnen. Er war schlagartig wieder beruhigt.

Irgendwie war ihm unbehaglich, als er um das Haus herumging. Er kam sich wie ein Eindringling vor.

„Unfug", schimpfte er sich. „Sie hat mich doch herbestellt. Sie erwartet mich!"

Trotzdem rief er im Gehen dann doch ein paar Mal laut ihren Namen, bekam aber keine Antwort. Die Musik wurde lauter, während er sich der Rückseite des Hauses näherte. Und da lag sie ja! Clara! Bäuchlings auf einem riesigen Badetuch am Dünenrand, wohlig ausgebreitet in der Sonne!

Sie war vollkommen nackt! Gunnar blieb die Luft weg. Er wusste nicht, wie er sich verhalten sollte. Einfach wieder verschwinden? Rückwärtsgang einlegen und noch lauter rufen? Einfach zu ihr hingehen, als ob nichts wäre? Er entschied sich fürs Stehenbleiben und lautes Rufen. Und dabei nur nicht so hinstarren!

Stehenbleiben klappte, mit dem lauten Rufen war das hingegen so eine Sache. Etwas schnürte ihm den Hals zu. Sein „Hallo Clara, ich bin da!" kam nur als verhaltener Krächzer heraus. Damit würde er die Musik aus dem altmodischen Gettoblaster neben Claras Kopf wohl kaum durchdringen können.

Gunnar versuchte es erneut, diesmal schon mit etwas mehr Stimmgewalt. Sein dritter Versuch schien die Musik zu übertönen. Vielleicht hatte Clara aber auch einfach nur die Anwesenheit eines anderen Menschen gespürt. Jedenfalls drehte sie nun ganz langsam den Kopf in seine Richtung. Sie erkannte ihn, lächelte, zog mit beiden Händen geschickt die Träger ihres Bikinioberteils über den Rücken, hakte sie zusammen und stand auf.

Clara war, wie er jetzt erkannte, gar nicht nackt. Zumindest nicht ganz. Sie trug einen Bikini in leuchtendem Dunkelblau, dessen winzige, von geflochtenen Schnüren gehaltenen Stückchen Stoff kaum etwas vom schlanken, durchtrainierten Körper verdeckten. Der hauchdünne Stoff zeichnete millimetergetreu nach, was er eigentlich verbergen sollte.

Gunnar war vollkommen fassungslos. Er kam sich vor wie ein ertappter Schuljunge, versuchte, seine Augen starr auf die eigenen Fußspitzen zu richten. Doch immer wieder machten sie sich selbstständig und sprangen zu seinem im wörtlichen Sinne atemberaubenden Gegenüber zurück.

Clara betrachtete ihren zur Skulptur erstarrten Cousin mit einem warmen, freundlichen Lächeln, löste das Haarband, mit dem sie ihre halblangen, dunkelbraun gelockten Haare nach hinten gebunden hatte und schüttelte den Kopf, so dass sich die Haarpracht über ihre Schultern ergoss. Das machte es für Gunnar nicht besser. Ganz langsam kam sie auf ihn zu. Ihr Haar flatterte in der über die Dünen herangetragenen sanften Meeresbrise.

„Entschuldige", sagte sie und riss ihn damit aus seiner Trance. „Ich muss eingenickt sein. Ich ziehe mir kurz etwas über. Bin sofort wieder da. Setz dich doch schon, wenn du magst."

Damit schwebte sie an ihm vorbei. Er nagelte erneut den Blick auf seinen Fußspitzen fest und verbot sich, ihr nachzuschauen. Erst als er die Terrassentür hinter sich zuklappen hörte, kam wieder Bewegung in ihn. Mit tiefen Atemzügen holte sein Körper sich den Sauerstoff zurück, den er in den Augenblicken zuvor schmerzhaft hatte vermissen müssen.

Als Clara fünf Minuten später in Jeans, T-Shirt und Turnschuhen wieder aus dem Haus herauskam, stand Gunnar immer noch wie vom Donner gerührt da. Sie lächelte überrascht, stellte den mitgebrachten Wasserkrug, zwei Gläser sowie einen großen Teller mit belegten Broten auf den Tisch und rief ihn zu sich heran.

„Komm, setz dich Gunnar, iss und trink etwas. Ich möchte dich um etwas bitten."

Er drehte sich um und kam unsicher näher. Erleichtert registrierte er, dass sie nun vollständig bekleidet war.

„Alles, was du willst", sagte er mit immer noch belegter Stimme, und ihr Lächeln wurde noch wärmer.

„Das ist lieb von dir", hauchte sie ihm zu.

„Hör mal...", druckste er und suchte nach Worten, um das eben Vorgefallene zu entschuldigen oder zumindest zu entschärfen.

Sie drückte ihm den Zeigefinger sanft auf den Mund: „Mach dir deswegen nur keine Gedanken."

Dann kam Clara noch näher. Mit geheimnistuerischer Stimme flüsterte sie ihm zu, „Das, was ich dir jetzt sage, muss alles absolut unter uns bleiben!"

Er versicherte ihr ernst und verschwörerisch, sie könne sich immer und bei allem hundertprozentig auf ihn verlassen. Und er schwor, alles, aber auch wirklich alles für sie tun.

„Ich danke dir so sehr", freute sie sich und schaute ihm liebevoll in die Augen. „Das Fahrrad ist übrigens völlig in Ordnung. War nur ein Vorwand, damit dein Besuch hier nicht auffällt. Es geht um Geld. Eine Menge Geld! Hunderttausende, vielleicht sogar Millionen." Gunnar nickte überrascht, und sie fuhr fort: „Du weißt, Karl, mein Vater, hatte den Banken nie so richtig getraut und fand außerdem, dass das Finanzamt nicht alles wissen muss. Deshalb hat er immer wieder Teile seines Geldes in Gold umgetauscht. Jahrzehntelang! Am Ende war es so viel, dass selbst das große Bankschließfach dafür zu klein und ihm wohl auch zu unsicher wurde. Daher hat er alles abgeholt und vergraben. An einer versteckten Stelle hinter seinem Haus. Sehr, sehr tief! Das hatte er in einer Art Abschiedsbrief an Lars und Sören geschrieben."

„Abschiedsbrief?", wunderte sich Gunnar. „Wo kommt der denn plötzlich her? Karl ist doch schon seit Jahren tot!"

„Den Brief habe ich letzte Woche in den Sachen aus Karls Schuppen gefunden, die du für mich hierher gefahren hast. Ich glaube nicht, dass Lars und Sören ihn je erhalten haben. Karl hatte wohl gehofft, dass sie ihn im Schuppen finden, wenn er irgendwann gestorben war. Aber um den Schuppen haben sie sich offenbar gar nicht gekümmert. War ja auch voller Gerümpel, wie du gesehen hast. Die Stelle, wo das Gold liegt, ist darin sehr genau beschrieben. Ich habe schon angefangen zu graben, aber das schaffe ich nicht allein. Morgen kommen schon die nächsten Gäste ins Haus. Dann könnte ich erst im November weitermachen und müsste wieder ganz von vorne anfangen. Da habe ich in meiner Verzweiflung an dich gedacht! Du bist so ein starker Mann! Du musst mir unbedingt helfen!"

Gunnar nickte beflissen. „Aber natürlich, Clara; ich helfe dir!", versprach er inbrünstig.

Sie schenkte ihm ein entzückendes Lächeln. „Du darfst aber wirklich niemandem etwas sagen! Auch Peer nicht! Und du musst ganz genau das tun, was ich dir sage: Du holst mein Fahrrad, es steht im Haus gleich hinter der Tür, packst es in den Kofferraum und fährst als erstes zur Weinhandlung am Strunwai. Da kaufst du die beiden teuersten Flaschen Sekt. Gerne Champagner, wenn sie haben. Wir wollen ja hinterher noch ein bisschen feiern, wir zwei. Dann stellst du den Rover unten beim Yachthafen ab. Pass auf, dass dich kein Bekannter sieht. Dort, und wirklich erst dort, schaltest du dein Handy aus und kommst mit dem Rad zu Karls altem Haus. Wenn da gerade jemand in der Nähe ist, fährst du ohne hinzuschauen vorbei und versuchst es etwas später noch mal. Wenn keiner da ist, fährst du direkt hinters Haus. Ich warte da auf dich."

Sie zögerte einen Moment und bat ihn dann, vorher doch bitte noch kurz nach dem Sicherungskasten zu sehen. Der Strom sei vorhin ausgefallen.

38

Gunnar kam der von Clara beschriebene Ablauf irgendwie merkwürdig vor. Diese Heimlichtuerei wegen dem bisschen Graben im eigenen Garten. Vor allem aber das mit dem Parken am Yachthafen und dem Handy. Überhaupt war das eine so verrückte Geschichte, dass er sie kaum glauben konnte!

Doch er wollte Clara unbedingt beweisen, dass sie wirklich alles von ihm verlangen konnte. Egal, wie merkwürdig es war! Und eigentlich war`s ihm ohnehin egal. „Champagner, feiern, zu zweit" – das waren mehr als genügend Gründe, wortgetreu auszuführen, was sie ihm auftrug.

„Nicht, dass du glaubst, ich wollte Mara um ihren Teil bringen", hatte sie noch gesagt, während sie treuherzig in seine Augen blickte. „Sie kriegt natürlich ihre Hälfte! Hinterher, wenn wir das Gold wirklich haben. Aber das Finanzamt darf nichts davon wissen, und auch sonst keiner. Außer dir und mir."

Gunnar nickte, doch weder Mara noch das Gold hatten Raum in seinen Gedanken. „Außer dir und mir " ... mehr konnte und musste er gar nicht hören.

Er beeilte sich, Claras Plan umgehend und haargenau umzusetzen. Er kaufte den Sekt (ja, es gab Champagner!), fuhr zum Yachthafen (kein Bekannter weit und breit!) und strampelte auf Claras Fahrrad zu Karls ehemaligem Haus. Es lag ebenfalls am Tanenwai, nahe der Fachklinik Satteldüne, also ungefähr auf halbem Wege zwischen dem Haus, das Clara selbst bewohnte, und dem von ihm und Peer. Genau wie Claras Wohnstätte war es vom Weg aus nicht zu sehen, sondern lag, zurückgesetzt, einsam am Rande eines Wäldchens.

Auch hier begegnete ihm niemand, so dass er gleich in den schmalen Sandweg einbiegen konnte. Genau wie angewiesen schob er das Rad um das weiß gestrichene, aber nicht mit Reet, sondern mit Ziegeln gedeckte Haus herum. Dafür, dass es einem mehrfachen Millionär gehört hatte, war es ziemlich klein und schmucklos, fand Gunnar. Aber Karl war halt ein Geizhals gewesen! Offenkundig sogar, was ihn selbst anging. Dazu passte sicherlich auch die verschrobene Idee, Gold hinter dem Haus zu vergraben, um es dem Finanzamt zu verheimlichen.

Dagobert Duck tauchte vor Gunnars innerem Auge auf, wie er mit einem Kopfsprung in ein Becken voller Goldmünzen hüpfte. Aber das Bild zerplatzte schlagartig, als Clara durch die Terrassentür herauskam. Mit einem „die bringe ich gleich in den Kühlschrank, warte einen Moment" schnappte sie sich die Champagnerflaschen aus dem Fahrradkorb und verschwand für wenige Sekunden. Dann kam sie erneut heraus, eine große Kühltasche in der Hand, lächelte ihn unendlich dankbar an, ließ sich zeigen, dass das Handy tatsächlich aus war, und sagte dann „komm mit". Sie führte ihn auf einem kaum erkennbaren Pfad durch Bäume und dicht stehendes Buschwerk gut 30 Meter vom Haus weg zu einer sandigen Lichtung.

Clara hatte augenscheinlich bereits heftig angefangen zu graben. Ein fast zwei Meter langes und in der Mitte über einen Meter breites Oval war auf der Lichtung fast hüfttief in die Erde geschaufelt worden.

„Ich bin, wie gesagt, seit Tagen dabei", erklärte sie dem überrascht dreinblickenden Gunnar. „Aber ich schaff' das einfach nicht mehr bis morgen. Nicht allein! Stattdessen müsste ich jetzt alles wieder zuschütten, damit hier keiner von den Feriengästen auf dumme Ideen kommt und selber buddelt."

Clara hatte Plastikplanen um das Oval herum ausgelegt, auf die sie den Sand geschaufelt hatte. „Wenn's nicht rechtzeitig klappt, fällt es nach dem Zurückschaufeln weniger auf, dass hier gegraben wurde", erklärte sie die Planen. Es sah ein wenig aus wie ein neues Grab auf dem Friedhof.

„Wie viel tiefer soll denn das noch werden?", fragte Gunnar mit einem skeptischen Blick in das doch schon beachtliche Erdloch.

„Gut anderthalb Meter, hatte Karl geschrieben", antwortete Clara. „Darum musste ich das Loch auch so breit machen. Sonst kann man beim Graben ja gar nicht darin stehen. Außerdem weiß ich nicht, wo das Gold nun ganz genau liegt. Nur so ungefähr."

Damit drückte sie ihm ein paar große Arbeitshandschuhe und eine Schaufel in die Hand und lächelte ihn mit einem entschuldigenden Blick auf ihre goldene Armbanduhr an: „Die Zeit drängt!"

39

Gunnar streifte die Handschuhe über und sprang, sich auf der Schaufel abstützend, schwergewichtig und wenig elegant in das Loch hinunter. Dann fing er unverzüglich und in rasendem Tempo an, den Sand nach oben auf die bereits recht hohen Seitenhügel zu werfen. Er würde Clara zeigen, wozu er imstande war.

Aber schon nach wenigen Minuten rann der Schweiß in Strömen von seinem Körper und das Arbeitstempo verlangsamte sich deutlich. Gunnar keuchte und stöhnte nun mit jeder Schaufel auf, die er nach oben warf. Teufel, was war der Sand schwer! Und warum musste es ausgerechnet heute so unglaublich warm sein? Gerne hätte er ja zumindest sein Hemd ausgezogen, aber mit seiner blässlichen Haut und wenig perfekten Figur scheute er sich vor Clara.

Nach zehn Minuten schmerzten Gunnars Arme fast unerträglich, nach weiteren fünf Minuten waren sie nicht mehr nur schmerzhaft, sondern auch butterweich. Hemd und Overall waren triefend nass.

„Ich brauch ne Pause", stöhnte er zu Clara hinauf, die sich hinter ihm auf den Grubenrand gesetzt hatte und ihm beim Arbeiten zuschaute.

„Ach komm", antwortete sie aufmunternd. „Fünf Minuten schaffst du noch. Danach löse ich dich eine Weile ab."

Ihr Lächeln mobilisierte neue Kräfte in ihm. Fünf Minuten waren tatsächlich noch drin. Dann streckte Clara ihm mit einem Lächeln und einem „jetzt komm, ruh dich aus" die Hand entgegen und half ihm aus dem Loch heraus.

„Wasser oder Cola?", fragte sie, während sie die mitgebrachte Kühltasche öffnete.

„Wasser!", keuchte Gunnar, und während er die Flasche aufdrehte, die sie ihm rübergereicht hatte, zog sie ihre eigenen Arbeitshandschuhe an, schnappte sich die Schaufel und sprang leichtfüßig und elegant nach unten.

Clara legte etwas ruhiger los, als Gunnar es getan hatte, und machte ihre Schaufel weniger voll. Dafür wurde sie nicht, wie er, nach einer Weile langsamer. Mit unglaublich kräftigen, gleichmäßigen Bewegungen warf sie Schaufel um Schaufel Sand nach oben. Bewundernd beobachtete er das Spiel ihrer schlanken und trotzdem so kräftigen Armmuskeln, das Anspannen und Entspannen ihres Nackens bei jedem Arbeitsschritt, ihr gleichmäßiges, diszipliniertes Ein- und Ausatmen.

Fünf Minuten, zehn Minuten, fünfzehn Minuten... Nun ging auch ihr Atem endlich schwerer, stellte er mit einer gewissen Beruhigung fest. Und auch ihr T-Shirt war mittlerweile klitschnass.

„Ich kann jetzt wieder", rief Gunnar ihr zu.

Sie schaute dankbar lächelnd zu ihm herauf, schnellte mit einer federleichten Bewegung nach oben und drückte ihm die Schaufel in die Hand.

Diesmal war Gunnar schon klüger und ließ es mit dem Schaufeln langsamer und gleichmäßiger angehen. Das zahlte sich aus. Eine Viertelstunde hielt er ohne abzusetzen durch, dann drehte er sich mit einem „nur kurz verschnaufen" zu Clara um. Die hatte in der Zwischenzeit ihr nasses T-Shirt ausgezogen und saß in dem winzigen Bikinioberteil von heute Mittag am Grubenrand.

„Ist hoffentlich okay für dich?", schmunzelte sie.

Eigentlich wäre ein „Nein" die ehrliche Antwort gewesen, denn seine Reaktion auf ihre Nacktheit, deren Magnetwirkung auf seine Augen, war ihm fast unerträglich peinlich. Trotzdem nickte er nur stumm, stützte sich schwer atmend auf dem Schaufelstiel ab und versuchte, nicht allzu offenkundig hinzustarren.

Nach zwei regungslosen Minuten schaute Clara fast unmerklich auf ihre Armbanduhr. Er nickte beflissen, drehte sich um und schaufelte mit ungeahnter Kraft in stoisch ergebenem Rhythmus eine weitere Viertelstunde lang ohne Unterbrechung.

Dann aber fiel ihm die Schaufel fast von alleine aus der Hand. Er taumelte gegen den Rand der inzwischen fast 30 Zentimeter tieferen Grube, stemmte sich mühsam hinauf und kroch zur Cousine hinüber. In diesem Augenblick konnte selbst ihr hinreißender Anblick keine neuen Energien mehr in ihm entfachen.

„Jetzt am besten Cola?", fragte sie mit besorgtem Blick, und ohne eine Antwort abzuwarten griff sie in die Kühltasche, drehte den Schraubverschluss ab und drückte ihm die Flasche geöffnet in die Hand. Gunnar lächelte dankbar, stemmte sich in Sitzhaltung hoch und ließ die eiskalte Flüssigkeit in seine Kehle laufen. Sie drang unmittelbar als Schweiß aus Stirn und Nacken wieder hinaus. Den ersten halben Liter schüttete er in einem Zug in sich hinein. Erst dann fing er an, zwischen den Schlucken auch mal wieder abzusetzen.

Clara hatte mittlerweile wieder ihre Arbeitshandschuhe an und schaufelte, wie zuvor, in gleichmäßigen Bewegungen den Sand nach oben. Ihr T-Shirt hatte sie nicht wieder angezogen, so dass Gunnar, als er seine Umgebung nach einiger Zeit wieder wahrnehmen konnte, nun auch das Muskelspiel ihres schweißnassen, braungebrannten Rückens bewundern durfte.

„Unglaublich!", dachte er verzückt. „Allein für diesen Augenblick würde ich mein Leben geben!"

Gleichzeitig verfluchte er erneut, dass er bei Clara nur als Zuschauer am Rand sitzen, aber keine Hoffnung entwickeln konnte. Oder doch? Fast schien es ihm heute, als flirte sie mit ihm oder gar, als wolle sie ihn verführen.

Nach einer Weile stieg Clara wieder aus dem Loch und ließ ihn weitermachen. So ging es den Nachmittag über hin und her. Der Berg draußen wuchs weiter, das Loch wurde sichtbar tiefer. Doch je tiefer sie gruben, desto höher musste der Sand geworfen werden. Die Schaufel wurde Mal um Mal schwerer.

„Gunnar, bitte, gib etwas Gas", flehte es irgendwann von oben. „Wir müssen das heute unbedingt noch schaffen."

Doch seine Einsätze wurden immer kürzer, seine Pausen immer länger.

„Ich kann nicht mehr", japste er dann irgendwann nur noch. „Bitte!", flehte sie.

Er drehte verneinend den Kopf hin und her. „Ich bin alle", jammerte es aus ihm heraus.

Clara sah prüfend zu ihm hinunter und reichte ihm wortlos die letzte Wasserflasche in die Grube, deren Rand ihm mittlerweile fast bis zum Hals ging. Sie schaute ihm zu, während er die Flasche in einem Zug leerte.

„Kann ich dich nicht doch noch ein wenig motivieren?", lächelte sie und blickte ihm aufmunternd in die Augen. „Pass auf, ich geh kurz ins Haus, und auf dem Rückweg bringe ich uns neue Getränke mit. Du machst einfach mit der Kraft weiter, die du noch aufbringen kannst, bis ich wieder da bin. Wenn du das Gold bis dahin findest, haben wir allen Grund zu feiern. Wenn nicht... na, wir werden sehen."

Dann schlenderte sie langsam und mit wiegenden Hüften in Richtung Haus, die Kühltasche in der behandschuhten rechten Hand. Gunnars Augen folgten ihr, bis sie zwischen den Büschen verschwand. Dann machte er sich wieder ans Werk. Die vage Aussicht, vielleicht doch mit ihr feiern zu dürfen, hatte ihm ein bisschen neue Kraft einhauchen können.

40

Freddy war mitgekommen. Lizzy würde erst am späten Nachmittag zurück sein, und die Stunden mit Hark waren selten und kostbar. So begleitete sie ihn lieber auf seinem Einsatz als zuhause ein Buch zu lesen. Da Silva führte Hark zu der Stelle, die der Hubschrauberpilot fotografiert hatte. Mike war schon dort und untersuchte den Boden. Petersen begrüßte ihn mit einer leichten Berührung an der Schulter, ging neben ihm in die Hocke und sagte nichts.

„Hier wurde weitflächig gegraben und sorgsam, aber nicht übermäßig geschickt versucht, das zu verbergen", schilderte der Spurensicherer nach einer Weile. „Der Sand war wohl, wie auf den Fotos zu sehen, auf Planen geschaufelt worden. Dabei hat er die Vegetation darunter plattgedrückt. Nach dem Zuschütten bekam das Ganze mehr Volumen als vorher. Daher sieht man eine deutliche Erhebung. Anschließend wurden Grasbüschel in den Sand gepflanzt; vermutlich hat man sie vorher dafür zur Seite gestellt. Sie haben scharf abgegrenzte Ränder, an denen sie ausgestochen wurden. Das ist klar zu erkennen. Auf einem Pfad, der in Richtung Haus führt, wurden Spuren verwischt. Das alles hält einer oberflächlichen Betrachtung gut Stand. Aber wenn man zu suchen anfängt, sieht man es deutlich."

Auch für Hark war nun klar zu erkennen, wo gegraben worden war. Und genau dort würden auch sie mit dem Graben ansetzen, sobald die Lichtung insgesamt abgesucht worden war. Das war genau zehn Minuten später der Fall.

Mike ließ zwei Klappstühle für Hark und Freddy an den Rand der Lichtung stellen. Dann fingen jeweils zwei seiner Kollegen an zu graben. Nach kurzer Zeit wurden sie von zwei anderen Kollegen abgelöst, dann waren die ersten wieder dran. Sie stießen auf keine Wurzeln oder Steine, die im Weg gewesen wären. Wo sie gruben, war der Sand so locker und nachgiebig wie frisch aufgeschüttet.

Schon nach zwei Stunden hatten sie sich weit in die Erde vorgearbeitet. Dann gab es den ersten Widerstand. Mit den Händen tastete sich einer der Männer weiter vor.

„Eine Folie!", rief er nach oben hinauf.

Zu zweit legten sie Stück für Stück die Folie frei, die den gesamten Boden der Grube ausfüllte. Einer der Männer hob einen seitlichen Zipfel an.

„Darunter ist Sand!", rief er und schob diesen Sand mit den Händen ein wenig zur Seite. Dann zuckte er zurück.

„Verwesungsgeruch!", vermeldete er.

Hark war längst aufgestanden und an den Rand der Grube gekommen. Er hatte es geahnt! Und er hatte keinen Zweifel daran, wessen Leiche sie hier gleich freilegen würden. Doch das Freilegen dauerte nun noch über eine Stunde, weil gleichzeitig nach Spuren gesucht werden musste. Unter der Folie, die über einen Meter tief lag, kamen noch einmal fast dreißig Zentimeter Sand, bevor sie den Körper selbst entdeckten. Der Geruch war aber schon viel früher da, und jeder, der nicht im Loch mitarbeiten musste, hatte sich so weit wie möglich zurückgezogen.

Vom Haus her war eine wütende Stimme zu hören. Petersen ging hin. Ein Mann, Mitte dreißig, hatte sich vor Leon, dem jungen Polizeimeister, aufgebaut und schimpfte auf ihn ein. „Feriengast, Büromensch, mittleres Management mit Ambitionen auf mehr", analysierte Hark mit einem Blick.

Der Mann regte sich offenkundig darüber auf, dass die Polizei große Teile des Grundstücks, das er doch „ganz offiziell gemietet" und „teuer bezahlt" habe, abgesperrt hatte und dann auch noch seine Personalien überprüfte. Er verlangte sofortigen Abzug, sofortige Entschuldigung, sofortige Entschädigung, sofortiges Erscheinen des Vorgesetzten und so weiter und so weiter. Jedes Mal, wenn der Mann kurz innehielt, um Luft zu schnappen, versuchte Leon in aller Ruhe, eine Erklärung anzubringen. Mehr als drei Worte wurden es nie, dann unterbrach ihn sein Gegenüber schon wieder.

Petersen reichte es. „Was soll das Geschrei!", fuhr er dem Mann laut und barsch in seinen Redeschwall.

Das wirkte, aber auch nur für eine Sekunde. Dann ging es, an ihn gerichtet, von neuem los.

„Seien Sie ruhig!", befahl der Kommissar. „Dies ist ein Polizeieinsatz, kein Betriebsausflug!"

Der jetzt angeschlagene Ton ließ sein Gegenüber tatsächlich verstummen.

„Sie haben das Haus hier gemietet?", fragte Petersen, nun sofort wieder vollständig ruhig und sachlich.

Der Mann nickte mit säuerlichem Gesichtsausdruck: „Für zwei Wochen. Sind vor ein paar Stunden angekommen. Wir machen hier Urlaub. ... Dachten wir zumindest."

„Dann werden Sie jetzt mit zwei unserer Kollegen ins Haus gehen und packen müssen", eröffnete ihm der Kommissar. „Dies ist ein Tatort. Er muss leider geräumt werden. Unsere Inselkollegen werden Ihnen helfen, eine Unterkunft für die Zeit unserer Ermittlungen zu suchen oder einen Platz auf der Fähre, falls Sie stattdessen abreisen möchten."

Das „Kommt gar nicht in Frage!", zu dem der verhinderte Urlauber ansetzen wollte, schnitt Petersen mit einer Handbewegung und einem „Das ist nicht diskutierbar!" ab. Dann aber war er sofort wieder sehr freundlich: „Wie gesagt, wir unterstützen Sie gerne!"

Nun schien der junge Manager sich tatsächlich in sein Schicksal zu fügen, kündigte aber an, sich sofort bei seiner Vermieterin zu beschweren.

„Da wäre ich Ihnen dankbar, wenn Sie das auf später verschieben würden", erklärte Petersen. „Wir möchten ihr doch die Überraschung nicht verderben."

Bei der Leiche handelte es sich um Gunnar, das hatte Petersen sofort gesehen, als der Kopf vom Sand befreit war. Es dauerte aber bis in den Nachmittag hinein, die Leiche komplett freizulegen. Dr. Tanja Steffens war da bereits eingetroffen. Ihr Chef, Dr. Sandemann, hatte ihr für die gesamte Woche den Bereitschaftsdienst aufgedrückt. Sie war wieder von Husum aus herüber gekommen. Genau wie Petersen, schien sie eine Fernbeziehung zwischen Kiel und Husum zu führen, nur dass sie jeweils in entgegengesetzte Richtungen pendelten.

Jetzt war die Pathologin in der Grube und untersuchte den Toten. Erst nach einer Viertelstunde kam sie wieder herauf und stellte sich neben Petersen.

„Tod vor vier bis sechs Tagen, schätze ich", begann sie ohne weitere Vorrede. „Also zwischen Sonntag und Dienstag. Auf den ersten Blick keine tödlichen Verletzungen. Blasen an den Händen."

Petersen blickte sie fragend an.

„Hat vielleicht sein Grab selber geschaufelt", sagte sie nüchtern. „Für alles Weitere muss ich ihn erst auf dem Tisch haben."

41

Clara hatte die Kühltasche mit den vorbereiteten Getränken aus dem Kühlschrank gefüllt. Bislang lief alles genau nach Plan. Dieser Plan, den sie schon seit anderthalb Jahren minutiös verfolgte, würde heute seinen ersten Höhepunkt erleben!

Sie ging ins Bad des Ferienhauses, das früher einmal von ihrem Vater Karl bewohnt worden war, und betrachtete sich prüfend im Spiegel. Die Investition in dieses Nichts von einem Bikini hatte sich gelohnt. Er stand ihr einfach hervorragend und hob deutlich hervor, was er eigentlich verstecken sollte.

Nicht, dass bei Gunnar nicht auch Großmutters gehäkelter Badeanzug gereicht hätte, um den Verstand auszuschalten. Aber Clara liebte das perfekte Schauspiel, die detailgenaue Inszenierung vor allem um ihrer selbst willen. Denn das Spielen gehörte zu ihrem Leben. Privat mehr noch als in ihrem gelernten Beruf als Schauspielerin. Und sie war grandios darin, weil sie niemals „nur spielte", sondern immer mit Haut und Haaren, mit jeder Faser ihres Körpers und ihrer Seele in ihrer jeweiligen Rolle aufging.

Sie konnte jedem gegenüber glaubhaft die über beide Ohren in ihn Verliebte vorspielen. Egal, wie sie in Wirklichkeit zu ihm stand. Denn solange sie spielte, war sie tatsächlich bis über beide Ohren verliebt. Sie konnte einem Holzklotz gegenüber in Verzückung geraten, nur, weil sie das wollte. Sie konnte zur Herrscherin werden, deren Autorität jeder gehorchte, zur Dienstmagd, die jeder ohne sie wahrzunehmen herumschubste. Und sie konnte das alles ganz nach Belieben blitzschnell an- und abschalten, gesteuert durch eine Ebene im Gehirn, die bei aller Schauspielerei die echte, eiskalte Clara blieb und das gesteckte Ziel im Auge behielt.

Trotzdem war sie in ihrem eigentlichen Beruf bislang nur mäßig erfolgreich gewesen, denn auf der Bühne fing das Spiel immer sehr schnell an, sie zu langweilen. Dort wiederholte sich ein und dasselbe Spiel ja jeden Abend aufs Neue. Und es verfolgte keinen Zweck über sich selbst hinaus.

Im wirklichen Leben war das ganz anders. Da konnte sie das Spiel einsetzen, um zu manipulieren. Um Dinge zu erreichen, die für sie sonst nicht erreichbar gewesen wären. Schon als Kind gelang es ihr mit geschicktem Spiel, die Armut an der Seite ihrer alleinerziehenden Mutter in Überfluss zu verwandeln. Zum Teil bestand dieser Überfluss aus Imagination. Oft aber floss er ihr und ihrer Mutter ganz real zu. Durch geschickte Manipulation anderer, besser Gestellter, die unbedingt etwas für sie tun wollten.

Mit dem Älterwerden wurde ihre manipulative Wirkung durch ihr grandioses Aussehen zusätzlich verstärkt. Einige wenige Male war das gehörig schiefgegangen. Doch auch daraus hatte sie gelernt und wusste längst, Übergriffe durch Autorität und Strenge zu vermeiden. Die Menschen taten nun das, und nur das, was sie von ihnen wollte.

Eine glückliche Fügung war es, dass ihre Mutter ihr zu ihrem einundzwanzigsten Geburtstag endlich die Identität ihres leiblichen Vaters offenbarte. Es war doch kein One-

Night-Stand mit einem Unbekannten gewesen, wie sie Clara bis dahin immer weisgemacht hatte. Vielmehr war ihre Zeugung das Ergebnis einer kurzen, heftigen Beziehung zu einem verheirateten Unternehmer, für den sie in ihrer Zeit auf Amrum als Buchhalterin gearbeitet hatte. Karl Olufsen! Die Beziehung war beendet und Claras Mutter abgereist, noch bevor sie bemerkte, dass sie schwanger war. Sie hatte dies Olufsen auch danach niemals mitgeteilt. „Ich wollte nie wieder etwas mit ihm zu tun haben", sagte sie ihrer Tochter nur. Eine Begründung dafür gab sie ihr nicht.

Auch von den Unterlagen, die sie damals kopiert und mitgenommen hatte, machte die Mutter niemals Gebrauch. Sie belegten zahlreiche Betrügereien durch Karl Olufsen und vor allem Steuerhinterziehung in Millionenhöhe. Das alles war längst verjährt, bot aber genügend Anhaltspunkte für Clara, um Neues aufzudecken.

Das gelang ihr im Jahr nach Mutters Beichte, als sie, noch vor der Ausbildung an der Schauspielschule, eine Saison lang als Kellnerin auf Amrum arbeitete. Die Nummern der Schwarzgeldkonten waren geblieben, fand sie durch die Indiskretion einiger von ihr bis zur Selbstaufgabe betörter Opfer heraus. Die ergiebigste Quelle war damals, neben einem Bankangestellten, Karls blässlicher, spindeldürrer Buchhalter gewesen. Der hatte ihr so viel belastendes Material kopiert, dass Karl die Tochter, von der er bis dato nichts geahnt hatte, sofort an sein liebendes Vaterherz drückte, als sie sich ihm offenbarte. Er finanzierte ihr nicht nur das Schauspielstudium, sondern sicherte ihr auch danach noch ein ausreichendes Einkommen.

Der Buchhalter verschwand gleich nach dem Erscheinen der verlorenen Tochter. Zunächst spurlos. Erst Wochen später tauchte er als aufgedunsene Wasserleiche wieder auf. Der Todeszeitpunkt und die Todesursache konnten nie genau geklärt werden.

Clara lächelte bei dieser Erinnerung. Sie hatte den Buchhalter (wie hieß er doch gleich?) ihrer Rolle entsprechend mit jeder Faser ihres Körpers und ihrer Seele geliebt. Für den verhärmten Junggesellen waren das sicherlich die zwei glücklichsten Wochen seines Lebens gewesen. Ob er sich mit gebrochenem Herzen in die Fluten gestürzt hatte, nachdem sie die Papiere in den Händen hatte? Vielleicht hatte auch Karl dabei nachgeholfen, konnte sie sich vorstellen.

Sie selbst war jedenfalls auf der Hut, nicht ebenso ein Schicksal zu erleiden. Vielmehr hatte sie schon damals den Plan gefasst, Karl bei der ersten sich bietenden Gelegenheit zu beseitigen.

Die allerdings hatte auf sich warten lassen. Und gerade, als der Plan ausreichend gereift war, um verwirklicht zu werden, kam ihr jemand zuvor. Clara war außer sich vor Wut, dieses Spiel nicht selbst zu Ende bringen zu können. Aber das erhebliche Erbe tröstete sie.

Dann plante sie, ihre beiden Halbbrüder zu beseitigen. Aber auch dabei kam ihr jemand zuvor. Sie war frustriert, doch nur kurz. Jetzt war sie beim nächsten Spiel: dem Tod von Mara, wesentlich später auch dem von Christine. Das würde mit dem Tod von Peer und dem Verschwinden von Gunnar beginnen. Ein sorgfältig geplantes Ablenkungsmanöver, um von vornherein jeden Verdacht von sich abzulenken. Und vor allem des Spiels wegen. Gunnar sollte der Bösewicht in dieser Inszenierung sein.

Clara riss sich von ihrem Spiegelbild los. Auf geht`s! Sie musste sich jetzt auf das gerade laufende Spiel konzentrieren. Auf Gunnar! Sie hatte ihn für diese Rolle ausgesucht, weil er der kräftigere, etwas attraktivere, vor allem aber willenlosere der beiden Brüder war. Peer hatte sie nur eine Nebenrolle zugedacht. „Aber immerhin eine dramatische und mit mehr Öffentlichkeit", schmunzelte sie.

Sie hatte ihre Cousins in den vergangenen anderthalb Jahren Stückchen für Stückchen auf ihre Rollen in dem Spiel vorbereitet. Sie hatten es nicht bemerkt. Aber sie hatten es genossen!

Der Genuss war Gunnar auch an diesem Tag ins Gesicht geschrieben. Trotz der Anstrengungen, die sie ihm abverlangte, trotz der Hoffnungslosigkeit seines Verlangens. Er lechzte nach ihrer Gegenwart, hechelte in tierischem Verlangen.

„Wie widerlich!", schüttelte sich die echte Clara in ihrem Kopf, die seit Jahrzehnten mit der Bedürftigkeit der Menschen gespielt und dabei immer wieder auch unter ihr gelitten hatte. Aber diese Clara kam nur ganz kurz ins Bewusstsein. Dann übernahm wieder die Schauspielerin, die diese Inszenierung über alles genoss.

Natürlich hätte sie die Grube auch ganz alleine ausheben können. Aber das Spiel mit Gunnar erregte sie. In jeder Beziehung. Sie genoss es, ihn zur Knetmasse ihrer Wünsche zu machen, ihn mit einem Fingerschnipp bis ans Ende seiner Kräfte und darüber hinaus draußen graben zu lassen. Die vollständige Manipulation dieses Menschen versetzte ihr Herz in ein aufgeregtes Pochen. Sollte sie das Spiel noch ein kleines Stückchen weiter treiben, bevor sie es zum geplanten Ziel brachte? Nur so zum Spaß? Nein! Sie verbot es sich. „Halte dich ans Drehbuch, Clara!", sagte sie laut.

Fröhlich lächelnd, die Kühltasche diesmal mit ihrem linken Arbeitshandschuh umfasst, ging Clara wiegenden Schrittes zu ihrem Goldgräber zurück. „Gold!", grinste sie in sich hinein. „Gold als Mittel zur Steuerhinterziehung!" Wie blöd konnte jemand sein, das zu glauben? Aber vermutlich hatte sie Gunnars von hoffender Sehnsucht zerfressenes Gehirn längst ausgeschaltet.

Schon aus zehn Meter Entfernung hörte sie Gunnar schwer schnaufen. Er schippte noch. Die in Aussicht gestellte Belohnung, wenn er vor ihrer Rückkehr den Schatz fand, ließ ihn weit über seine Kräfte hinauswachsen.

Gunnar hatte sie bemerkt, sobald sie aus den Büschen hervorkam. Er war offenkundig völlig am Ende.

„Heiß!", dachte sie, blickte auf die Uhr. Es war Zeit für die letzte Szene im ersten Akt. Clara setzte die Kühltasche neben den Grubenrand und stellte sich direkt über ihm in Positur.

„Noch immer nichts gefunden?", fragte sie mit enttäuschtem Gesicht.

Er schüttelte den Kopf. Sie reichte ihm eine Flasche Cola hinunter. Er leerte sie in einem Zug.

„Gib mir doch mal die Schaufel hoch, zieh die Handschuhe aus und fühl mal mit den Händen, ob da schon was zu spüren ist", befahl sie.

Er tat es, ging auf die Knie und tastete den Boden ab. „Nichts!", keuchte er mit bedauerndem Blick zu ihr hinauf.

Sie schaute am Grubenrand hin und her. „Ah, da ist es ja", sagte sie und griff nach einem Brecheisen. „Hier, versuch`s mal damit!"

Gunnar stach mit dem Eisen tief in den Sand. „Mist, hier ist einfach nichts!", schnaufte er und reichte ihr die Brechstange in die ausgestreckte Hand zurück.

Clara schaute enttäuscht zu ihm hinunter. „Noch tiefer kann es aber auf keinen Fall sein", raunte sie mehr zu sich selbst als zu ihm. „Ich fürchte, ich habe mich in der Stelle vertan. Und das nach all unserer Mühe!"

Nun hatte auch Gunnar einen maßlos enttäuschten Ausdruck im Gesicht. Er sah offenkundig all das davonschwimmen, was er sich zwar nicht wirklich erwartet, aber doch irgendwie erhofft hatte.

„Ach, jetzt schau doch nicht so", sagte Clara, als sie ihn so sah und lächelte schon wieder etwas. „Der Himmel wartet doch schon auf dich!"

Er taumelte, stieß erst links, dann rechts gegen den Grubenrand, schaute ungläubig zu ihr hinauf.

„Geht's dir nicht gut?", fragte sie.

Er versuchte etwas zu sagen.

„Komm her", bat sie. Er machte einen Schritt auf sie zu. Dann sackte er in sich zusammen und blieb ausgestreckt auf dem Rücken liegen.

„Hast du dich überanstrengt?", kicherte Clara, sprang zu ihm hinunter und setzte sich rittlings auf seine Brust. Er schien das Bewusstsein verloren zu haben. Sie schlug ihm mit den Handflächen auf die Wangen. Keine Reaktion. Sie beugte sich über sein Gesicht und hauchte ihm einen Abschiedskuss auf den Mund. Dann presste sie die linke Hand auf die gerade geküsste Stelle und drückte mit der rechten seine Nasenlöcher zusammen. So verharrte sie einige Minuten lang. Sie fühlte den massigen Körper unter sich noch kurz im Todeskampf erschaudern. Gunnars Augen öffneten sich und warfen einen erstaunten, verschwimmenden letzten Blick in ihr Gesicht. Dann wich das Leben aus ihnen.

42

Es klopfte. Clara wunderte sich: Samstagnachmittag. Sie erwartete keinen Besuch. Hark Petersen und Christiano da Silva standen vor der Tür.

„Dürfen wir reinkommen", bat der Mordermittler aus Husum.

Clara trat mit einem freundlichen Lächeln zur Seite und bedeutete mit einer Geste der Hände ihr Einverständnis. „Aber gerne doch", sagte sie. „Was gibt`s denn?"

Petersen ließ mit der Antwort auf sich warten, bis sie alle im Wohnzimmer Platz genommen hatten. Dann sah er ihr direkt in die Augen und sagte „Wir haben Gunnar gefunden!"

Clara zuckte zusammen und verfluchte sich dafür sofort innerlich. Sie hatte nicht aufgepasst: Für eine Sekunde hatte ihr Gesicht gezeigt, was sie fühlte: Schreck und Furcht. Sie war sich sicher, dass die Polizisten genau das gesehen hatten. Dann bekam sie sich wieder in den Griff und setzte einen neugierig-interessierten Blick auf. Zu spät, aber es half ja nichts.

„Wie haben Sie ihn gefunden; wie geht es ihm?", fragte sie rasch und ohne große Hoffnung, noch viel am ersten Eindruck ändern zu können.

„Ich denke, das wissen Sie", sagte Petersen. Aber jetzt hatte sie sich wieder vollständig gefangen und schaute ihn mit überraschtem Gesicht an.

„Wie sollte ich?", fragte sie. „Ich habe seit Montag nichts mehr von ihm gehört!"

„Gunnar ist tot", eröffnete ihr der Polizist. Er bekam dafür einen entsetzt-schockierten Gesichtsausdruck von ihr und ein „Oh Gott, wie kann das sein!".

„Indem Sie ihn getötet und auf Ihrem Grundstück vergraben haben", antwortete Petersen.

Nun mischte sie Empörung in ihren weiterhin schockierten Blick, während sie ein „Aber Herr Kommissar, erlauben Sie mal! Das ist eine unerhörte Behauptung!" von sich gab. „Wie zum Teufel kommen Sie nur auf diesen Unfug! Gunnar war so ein lieber Freund!" Sie brach in Tränen aus.

„Ach lassen Sie doch", wehrte der Polizist jetzt ab. „Ihr Gesichtsausdruck eben sprach Bände. Sie können sich dieses nachträgliche Schauspiel wirklich sparen. Sie hatten nicht damit gerechnet, dass wir ihn finden, nicht wahr? Sie haben ihn ja auch wirklich tief vergraben."

„Vergraben? Wieso vergraben?", stammelte sie. „Wie soll ich einen 100 Kilogramm schweren Gunnar vergraben haben? Das ist doch absurd!"

„Das können Sie uns gleich alles auf der Wache erklären", antwortete Petersen nur. „Sie sind vorläufig festgenommen unter dem Verdacht, Gunnar Olufsen getötet und vergraben zu haben!"

Da Silva war aufgestanden und hatte sie sanft hochgezogen. Nun legte er ihr zu ihrer Verblüffung Handschellen an und führte sie hinaus zum Polizeiwagen.

„Idioten!", dachte sie. „Ihr habt doch nicht den geringsten Beweis gegen mich in der Hand."

43

Petersen und da Silva hatten Clara Ewalds an Leon übergeben, der vor dem Haus gewartet hatte. Sie selbst wollten Christine und Mara mit der Nachricht überraschen, dass Gunnar gefunden wurde, bevor sie sich darauf vorbereiten konnten. Bei Clara hatte die Überraschung ja einiges offenbart.

Christine war zuhause, nach wie vor eng überwacht von Leif. Den beiden schien diese Regelung gut zu gefallen. Sie empfingen die Beamten in bester Laune.

„Wir haben Gunnar gefunden", eröffnete Hark der jungen Frau, nachdem sie sich gesetzt hatten.

Sie lächelte erfreut: „Gott sei Dank! Endlich! Wo war er? Wie geht es ihm? Was ist passiert?"

Der Kommissar erzählte es ihr, und die nächsten Minuten lag sie weinend in den Armen von Leif. Auch danach war sie praktisch nicht mehr ansprechbar und zu keinen klaren Aussagen fähig. Mit einem „Kümmer dich um sie" verabschiedete sich Hark von Leif. Sie würden erst am nächsten Tag mit Christine sprechen. Sie brauchte offenkundig Zeit, die Nachricht zu verdauen.

„Entweder unschuldig oder eine noch wesentlich bessere Schauspielerin als ihre Cousine", waren sich die Männer einig, als sie wieder im Streifenwagen saßen und zur dritten potenziell Verdächtigen fuhren.

Mara war ebenfalls zuhause. Aber sie machte ihnen erst mit einiger Verzögerung auf. Sie kam offenkundig gerade aus dem Bett, hatte sich nur schnell einen Bademantel übergezogen. Sie bat sie, schon einmal Platz zu nehmen, während sie sich etwas anzog. Petersen überlegte kurz, ob das ein Fluchtversuch werden sollte, und folgte ihr mit den Ohren. Aus Richtung Schlafzimmer waren Stimmen zu hören. Mara war offenkundig nicht allein. Es klang alles sehr unaufgeregt und Hark entspannte sich. Zwei Minuten später war Mara bei ihnen – in Jeans und T-Shirt, aber noch barfuß. Sie baten sie, sich zu set zen, und der Kommissar sagte zum dritten Mal an diesem Nachmittag „Wir haben Gunnar gefunden!"

Maras Reaktion schien den Polizisten eine Mischung aus Erleichterung und Freude zu sein. „Wie geht es ihm; was ist passiert?", fragte auch sie sofort.

Nach Harks Antwort schaute sie sehr betrübt. Ihre Augen wurden feucht, aber sie weinte nicht.

„Er ist ebenfalls ermordet worden?", fragte sie ungläubig.

„Ermordet und vergraben hinter dem Haus, in dem dein Vater gewohnt hatte", nickte der Kommissar.

„Hinter dem Haus von Karl?", staunte sie. „Wieso denn ausgerechnet dort?"

Hark zuckte mit den Schultern: „Genau das müssen wir jetzt herausfinden. Was fällt denn dir dazu ein?"

Mara dachte angestrengt nach. Dann schüttelte sie den Kopf. „Absolut überhaupt nichts!", bedauerte sie. „Das Haus gehört jetzt Clara, ist aber die meiste Zeit vermietet. Zumindest in der Saison. Ich bin dort aufgewachsen, war aber wohl schon an die zehn Jahre nicht mehr darin. Schon als Karl noch lebte, machte ich einen großen Bogen darum. Wir mochten uns nicht. Er ist nie nett zu mir gewesen."

„Aber zu Clara war er nett?", fragte Hark nach.

„Ob er nett zu ihr war, weiß ich nicht", lautete ihre Antwort. „Einen freundlichen Blick habe ich zwischen den beiden ehrlich gesagt nie gesehen. Aber er hat sie zumindest gut versorgt. Die hatten, glaube ich, ein sehr geschäftsmäßiges Verhältnis."

Ein junger Mann kam ins Wohnzimmer, grüßte, stellte sich Petersen mit Frederik Svalland vor, setzte sich eng neben Mara auf das Sofa und legte den Arm um sie. Sie schmiegte sich an ihn.

„Was ist los?", fragte er leicht besorgt.

„Gunnar ist tot", eröffnete sie ihm.

Er nahm sie fester in den Arm. „Tut mir leid", flüsterte er in ihr Ohr.

Wenn die beiden hier das Mörderduo waren, dann waren auch sie hervorragende Schauspieler, dachte sich Hark, der Clara zunehmend in der Alleintäterschaft sah.

„Wie war das Verhältnis zwischen Clara, Peer und Gunnar?", fragte er. Mara sah ihn erstaunt an.

„Sehr gut. Wieso?"

„Hat Clara mit einem von den beiden geschlafen oder mit allen beiden?", fragte Petersen weiter.

Mara brach in ein echtes Lachen aus. „Hark, was soll denn jetzt *der* Quatsch! Das kannst du komplett von deiner Liste streichen. Sie trafen sich öfter mal und kamen wirklich gut miteinander aus. Aber Sex? Vergiss es! Nie im Leben! Und das nicht nur, weil`s ihre Cousins sind."

„Clara sagt, sie habe gelegentlich mit Gunnar geschlafen", wandte Hark ein. „Ein unkompliziertes Sexverhältnis, wenn ihr gerade nach einem Mann war."

Jetzt guckte Mara endgültig fassungslos drein. „Das kann ich nicht glauben", sagte sie schließlich nach mehrmaligem Kopfschütteln. „Nie im Leben! Das hätte ich gemerkt. Auf jeden Fall! Vielleicht nicht an ihr, aber an Gunnar. Außerdem kann ich mir nicht vorstellen, dass ihr *nach einem Mann war*. Ich weiß von zwei, eher drei Frauen, mit denen sie sich gelegentlich trifft. Männer im Bett sind vermutlich nicht so ihr Ding. Keine Ahnung, warum sie dir das erzählt hat, aber das ist ganz gewiss nicht wahr!"

„Könntest du dir vorstellen, dass Clara Peer und Gunnar umgebracht hat?", war Petersens nächste Frage.

Erneut erntete er einen vollkommen ungläubigen Blick. „Das kann nicht dein Ernst sein!", sagte sie. „Warum sollte sie? Die haben sich wirklich gemocht. Und sie profitiert doch auch nicht. Erbin ist ja Christine. Außerdem vergisst du diesen KO-Tropfen-Anschlag. Da war sie auch Opfer! Und der Überfall auf sie bei sich zuhause! Hark, das ist wirklich völlig absurd!"

„Und wer erbt, wenn auch Christine stirbt?", hakte Petersen völlig unbeeindruckt von ihren Argumenten nach.

Mara atmete tief ein, wollte wohl gerade wieder zu einer Rede über Absurdität ansetzen, unterbrach sich aber selbst und wurde nachdenklich. „Du meinst...", murmelte sie. „Hmm, ja, in dem Fall wären natürlich Clara und ich die Erben." Dann riss sie sich aus diesen Gedanken wieder heraus: „Nein, Quatsch! Hark, du denkst um viel zu viele Ecken. Das kann ich mir von Clara einfach nicht vorstellen!"

44

Clara saß am großen Tisch im Polizeirevier von Nebel und starrte schon seit einer Stunde mürrisch auf die Amrumkarte unter der Glasplatte. Dieser Hark Petersen ließ sie jetzt schon verdammt lange schmoren, ohne dass etwas passierte. Der junge Polizist hatte ihr einen Kaffee gebracht, sich an seinen Schreibtisch gesetzt und sagte kein Wort.

Eine absurde Situation. Sie war sich vollkommen sicher, dass die Polizei nichts gegen sie in der Hand haben könnte. Niemand hatte ihr Graben mit Gunnar gesehen. Niemand war ihr begegnet, als sie wenig später in Joggingkleidung durch den Wald zum Wohnhaus von Peer lief. Dort konnte sie aus der Deckung des Waldes heraus zum Schuppen gehen, wo sie Axt und Kotflügel schon eine Woche vorher deponiert hatte. Dann zum Hintereingang, den sie mit Gunnars Schlüssel öffnete. Gänzlich unbemerkt! Der Axthieb traf Peer genau so, wie sie es hundert Mal zuvor zuhause geübt hatte.

Dann allerdings war sie vom Spielplan abgewichen. Sie hätte noch wild mit der Axt auf den toten Peer einschlagen müssen, so wie es der Volvo-Mörder getan hätte. Sie brachte es nicht über sich. Stattdessen deckte sie ihn gleich mit dem Kotflügel ab. Für einfältige Polizisten würde das sicherlich reichen. Und wenn nicht, dann war es halt eine Inszenierung, in der vermeintlich Gunnar den Volvo-Mörder ungeschickt nachahmte.

Der Rest aber verlief wieder ganz nach Drehbuch! Sie verschloss die Vordertür, legte mit einem Paar von Gunnars Schuhen eine falsche Spur hinter dem Haus, steckte die Schuhe für später in ihren Rucksack und joggte unentdeckt heim. Auch als sie am nächsten Tag das nur vorläufig abgedeckte Grab endgültig zuschaufelte, war ihr niemand begegnet.

Doch was, zum Teufel, hatte sie zu dem dummen spontanen Spiel mit Christine veranlasst? Gunnar noch einmal über sein Handy „aufleben" zu lassen, war von vornherein geplant gewesen. Seine PIN kannte sie schon seit über einem Jahr. Aber der spontane Einfall, Christine zu betäuben, um sie anschließend zu ersticken und im eigenen Wagen auf dem Parkplatz in Norddorf abzustellen, war idiotisch! Viel zu gefährlich!

Selbst wenn Christine nicht wider Erwarten die Polizei über die Nachricht ihres Bruders informiert hätte. Clara hätte überrascht werden können, wenn sie Christine durchs Treppenhaus in die Garage schleppte. Mit Pech wäre sie dabei sogar Leif oder Mara in die Arme gelaufen. Sie hätte auf dem Parkplatz in Norddorf oder auf dem Weg dorthin gesehen werden können! Selbst dann, wenn sie den Wagen mit der Leiche erst nachts dorthin gefahren hätte. Da war es ein Glück, dass sie gerade noch rechtzeitig vorgewarnt worden war. So konnte sie den eigenen Cappuccino trinken statt ihn stehenzulassen und das Fläschchen mit den Tropfen aus ihrer Handtasche in den Mülleimer legen. Aber all das war schon viel zu weit ab vom perfekten Ursprungsplan. Kein wirklich glaubhafter Handlungsstrang.

Außerdem hatte dieser da Silva sie seit jeher auf die Kieker! Warum konnte der, anders als alle anderen, durch ihre lückenlose Fassade hindurch die wahre Clara sehen? Schon nach dem Tod von Karl hatte er sie im Verdacht. Fälschlich, doch trotzdem irgendwie zu recht. Ein paar Monate später wäre sie tatsächlich die Täterin gewesen.

Und als sie Peer gefunden hatten, stand da Silva bereits eine Stunde später bei ihr vor der Tür und fragte nach ihrem Alibi.

Mistkerl! Nicht einmal den inszenierten Überfall mit dem Brecheisen schien er ihr abzukaufen. Dabei hatte sie sogar den Winkel des Schlags so angelegt, dass er von einem Gegenüber hätte ausgeführt sein können.

Doch egal: Das Misstrauen würde der Polizei nicht weiterhelfen. Sie brauchten Beweise! Und die würde es nicht geben, selbst jetzt, wo Gunnar gefunden worden war. Ihre DNA auf der Leiche? Sie hatte doch behauptet, dass sie mit ihm geschlafen hatte! Ihr Grundstück? Da hätte jeder unbemerkt graben können.

Die Kotflügel hatte sie vor über einem Jahr in Tschechien gefunden. Ein Zufall, der sie überhaupt erst auf die konkrete Idee für das jetzige Spiel gebracht hatte. Die im Darknet bestellten KO-Tropfen waren an eine Freundin in Bayern geliefert worden, bei der sie ein paar Tage übernachtet hatte. Es gab absolut gar nichts, was zu ihr zurückzuverfolgen wäre. Selbst Gunnars Schuhe waren längst in einer Mülltonne weit weg von hier entsorgt, und die Flaschen, die sie beim Graben geleert hatten, im Leergutautomaten des Supermarktes in Nebel verschwunden. Den Champagner hatte sie mit Gunnar zusammen begraben. Sie haben keine Chance, Herr Kommissar!

45

Petersen wusste sofort, dass es schwierig werden würde. Er hatte Clara über eine Stunde lang allein im Polizeirevier schmoren lassen, aber als er jetzt dort eintraf, war sie zwar genervt, aber in keiner Weise beunruhigt. Er konfrontierte sie mit den verwischten Fingerabdrücken.

„Ich habe doch gleich gesagt, dass es auf keinen Fall Gunnar sein kann", antwortete sie.

Er konfrontierte sie mit den offenkundig von jemand Kleinerem gelegten Fußspuren.

Sie sagte nur „Dann stammen sie nicht von dem großen Mann, der mich überfallen hat!"

Er wies sie auf die Würgemale offenkundig kleinerer Hände hin.

Sie konterte mit einem „Wie gesagt, ich könnte mich nicht erinnern, gewürgt worden zu sein!"

Wie er es auch drehte: Er konnte darlegen, dass Spuren gefälscht worden waren, aber nicht, dass sie dahintersteckte. Clara wurde zu keinem Zeitpunkt auch nur ansatzweise nervös, verlangte zu keinem Zeitpunkt nach einem Anwalt.

Da Silva hatte die ganze Zeit schweigend dabeigesessen und das Ganze beobachtet. Jetzt ging er mit Petersen auf dessen Wink hin nach draußen.

„Was meinst du?", fragte der Mordermittler.

„Keine Chance im Moment!", erwiderte der Inselpolizist. Sie würden mehr Anhaltspunkte zusammentragen müssen. Unter diesen Umständen würde es schon schwer genug sein, auch nur einen Durchsuchungsbeschluss zu erwirken. Sie beschlossen, Clara erst einmal gehen zu lassen und in den nächsten Tagen noch gezielter nach Hinweisen auf ihre Täterschaft zu suchen. Und sie gleichzeitig mindestens zweimal am Tag zu befragen, um sie vielleicht doch noch nervös zu machen und zu Fehlern zu verleiten.

Sie gingen wieder hinein und teilten Clara mit, dass sie gehen könne. Das Angebot, sich von Leon nach Hause fahren zu lassen, lehnte sie freundlich ab. Ein kleiner Spaziergang würde ihr jetzt guttun, meinte sie.

Dann wünschte sie den Polizisten noch „viel Erfolg bei der Suche nach dem wirklichen Mörder". Es klang nicht einmal ironisch, sondern wirklich aufrichtig.

Eine gute Schauspielerin war sie ja, das mussten Petersen und da Silva ihr lassen. Sie machten für heute Schluss. Hark freute sich auf den gemeinsamen Abend mit Freddy und Tante Lizzy. Und darauf, erst morgen wieder an diesen vertrackten Fall denken zu müssen.

Clara stand versonnen in der Küche und packte ihre Einkäufe aus. Wie schön, dass der Supermarkt in Nebel auch am Sonntag für ein paar Stunden geöffnet hatte! Sie wusste das Leben auf einer Ferieninsel auch in dieser Hinsicht zu schätzen.

Sie hatte sich für den Einkauf einen besonders kurzen knallroten Rock und ein tief ausgeschnittenes weißes T-Shirt ohne BH angezogen, um von der unansehnlichen, inzwischen blauviolett verfärbten Brecheisen-Wunde an ihrer Stirn abzulenken. Sollten die Leute doch bitte woanders hinschauen!

Das taten sie. Sogar sehr ausgiebig. Auch der ältere Mann, der ganz offenkundig ein Zivilpolizist war. Clara musste lächeln: Petersen ließ sie tatsächlich beschatten! Was er sich wohl davon versprach? Sie wäre doch gewiss nicht so dumm, in den nächsten Wochen irgendetwas Verdächtiges zu tun oder ihnen gar einen Beweis zu liefern! Und schon gar nicht, wenn man ihr einen Zivilpolizisten derart offenkundig an die Fersen heftete. Sie hatte ihn im Supermarkt sofort bemerkt. Er hatte sie die ganze Zeit nicht aus den Augen gelassen, klebte an ihr wie eine Klette. Gut in Form war er allerdings nicht! Auf dem Rückweg hatte sie kräftig in die Pedale getreten und ihn damit, wie sie meinte, abgehängt. Nur mal so zum Spaß!

Es klopfte an der Tür. Sie erwartete niemanden. Also sicherlich wieder Petersen und da Silva, dachte sie, verbat sich aber das aufkeimende Genervtsein. Sie würde das Schauspiel der an einer Aufklärung der Morde höchst interessierten Verwandten weiter spielen, auch wenn gestern unverkennbar war, dass Petersen jeden einzelnen ihrer Schritte in diesem Spiel durchschaut hatte. Nichts davon würde er vor Gericht beweisen oder auch nur mit Indizien unterfüttern können! Sie würde so lange weiterspielen, bis auch er ihr schließlich glaubte!

Es klopfte erneut. Clara ließ sich trotzdem Zeit mit dem Öffnen der Tür. Sie wollte nicht zu enthusiastisch erscheinen.

Aber es waren gar nicht Petersen und da Silva, die da vor ihr standen, sondern der Zivilpolizist aus dem Supermarkt. Sie hatte ihn wohl doch nicht vollständig abgehängt. Naja, er würde natürlich informiert sein, wo sie wohnte. Aber was war das für eine blöde Art der Beschattung? An die Haustür klopfen?!

„Ja bitte?", fragte sie abweisend. Der Mann war eine wirklich unauffällige Erscheinung. „Das ist sicherlich von Vorteil für einen Zivilfahnder", dachte sie. Er war etwa Mitte fünfzig, etwas kleiner als sie selbst, schmächtig, aber mit deutlichem Bauchansatz. Das schüttere, etwas zu lange Haar war fast vollständig ergraut. Seine farblose Kleidung unterstrich das insgesamt nicht sonderlich gepflegte Äußere. Schweißperlen standen ihm auf der Stirn und er schnaufte offenbar noch vom Radfahren, obwohl Clara bereits vor gefühlten fünf Minuten ins Haus gekommen war.

Der Mann sagte erst einmal gar nichts, sondern schaute sie durch die dicken Gläser seiner altmodischen Brille nur unglaublich dreist von oben bis unten an. Zog er sie etwa gerade mit Blicken aus? Clara merkte, dass sie unter diesem Blick explosionsgefährlich wütend wurde.
„Was wollen Sie?", fauchte sie.
„Reinkommen", antwortete er und holte ein Smartphone aus der Tasche. Er hielt ihr den Bildschirm mit einem Foto vor die Nase. Clara wurde blass. Ihr war sofort bewusst, dass ihr das Spiel aus der Hand geglitten war, dass es von jetzt an unkontrolliert und nach gänzlich anderen Vorgaben ablaufen würde. Die Chancen, daraus wieder ihr eigenes Spiel zu machen, standen denkbar schlecht. Gerade jetzt, wo die Polizei sie unter genauer Beobachtung haben würde. Dieses Männlein hier war sicherlich nicht der Zivilpolizist, für den sie ihn gehalten hatte. Er war vielmehr ein mieser Erpresser!

Hark und Freddy waren früh aufgestanden. Der Abend gestern war schön gewesen. Lizzy hatte für sie kleine Kalmare aus dem Tiefkühler geholt, die sie im Frühsommer beim Krabbenfischer gekauft und für einen besonderen Anlass eingefroren hatte. Der war jetzt gekommen!

Sie hatten gemeinsam um den Tisch im Esszimmer herum gesessen und die kleinen Tintenfische vorbereitet, indem sie mit einem scharfen Messer das oberste Stück der pfeilartigen Spitze abschnitten und mit der gleichen Bewegung den winzigen Schülp, das Tintenfisch-Skelett, herauszogen. Bei den nur wenige Zentimeter großen Kalmaren war das fast so aufwändig wie Krabbenpulen, dachte Hark.

Lizzy hatte die Kopffüßler einfach nur gesalzen, mit Knoblauch in Olivenöl angebraten und glatte Petersilie dazugegeben. Angerichtet wurde das Mahl auf Spaghetti. Dazu gab es einen herrlichen grünen Salat mit Cherrytomaten in einem Dressing aus Crema di Balsamico, Olivenöl und Schnittlauch.

Die drei genossen ihr mediterranes Mahl draußen auf der Terrasse, und heute durfte es auch etwas mehr Riesling dazu geben als am Abend zuvor. In Pullover gehüllt, blieben sie bis spät in den fast windstillen Abend hinein draußen, unterhielten sich, erfreuten sich an den Düften und Geräuschen des Wattenmeeres. Die Sterne blinkten am tiefschwarzen Nachthimmel, nachdem der letzte Rest der Dämmerung verklungen war.

Auch jetzt saßen sie wieder draußen auf der Terrasse. Beim Frühstück. Die Sonne schien und es versprach noch einmal ein schöner, warmer, sonniger Tag zu werden. Vermutlich, nach dieser grandiosen Woche, der letzte wirklich sommerliche Tag der Saison. Für den frühen Abend war ein Wetterumschwung angesagt, mit Gewittern, Sturmböen und einem deutlichen Temperaturabfall.

Freddy würde eine frühe Nachmittagsfähre aufs Festland zurück nehmen. Hark müsste heute ohnehin wieder arbeiten und so konnte sie die Rückfahrt noch auf dem Sonnendeck der Fähre genießen. Bis dahin würde sie mit Lizzy einige von Zugvögeln gewonnene Blutwerte durchgehen. Die Biologin hatte dazu Fragen an sie als Ärztin.

Für Hark gestaltete es sich erwartungsgemäß schwierig, eine richterliche Anordnung für die Durchsuchung von Claras Privathaus zu bekommen. Die Indizienlage war dafür zu dünn, fand der Richter nicht ganz zu Unrecht. Hark diskutierte das Problem mit Redlef Maier und der Oberstaatsanwalt kam auf die Idee, die Begründung für den Durchsuchungsbeschluss am Überfall auf Clara Ewalds, dem Kotflügel und den Fußabdrücken hinter ihrem Haus aufzuhängen. Der Richter durchschaute zwar das Manöver, war aber dennoch bereit mitzuspielen. Noch deutlich vor dem Mittagessen kam seine Unterschrift.

48

Clara war zur Seite getreten und hatte den Mann herein gelassen. Sie schloss die Tür hinter sich ab, sobald er im Haus war. Er schien dem keine Beachtung zu schenken, sondern sah sich neugierig im Eingangsbereich und im Wohnzimmer um. Er sagte noch immer kein Wort.

„Was wollen Sie von mir?", fragte sie mit bemüht fester Stimme.

Er sagte weiterhin nichts, sondern starrte sie schon wieder unverfroren dreist und anzüglich an.

„Dieses Foto beweist gar nichts!", versuchte sie es.

Er lächelte, hielt ihr das Smartphone vor die Nase und ließ einige weitere Bilder vor ihren Augen vorbeigleiten. Mal saß sie mit Gunnar vor der Grube, mal war er drinnen, sie draußen, mal umgekehrt. Der Fotograf hatte es bei den Aufnahmen offenkundig vor allem auf sie und ihre vom Bikinioberteil kaum verdeckten Brüste abgesehen gehabt. Der Mord selbst war auf keinem der Bilder zu sehen.

„Ich bin mir sicher, dass die Fotos die Polizei sehr interessieren werden", grinste der Mann. „Wer hätte gedacht, dass mein hübsches Model auf so etwas aus war? Da wäre ich doch noch etwas länger geblieben, anstatt zum Kaffeetrinken ins Haus zu gehen."

Jetzt lachte er auch noch. Clara fand das befremdlich.

„Wollen Sie Geld?", fragte sie.

„Haben Sie Geld?", fragte er zurück.

„Hunderttausend gleich jetzt und Sie geben mir ihr Handy", sagte sie. Sie hatte für den Fall, dass etwas schiefgeht und sie schnell weg müsste, eine halbe Million Euro in bar im Haus. Das aber würde sie ihm nicht alles anbieten. Hunderttausend jetzt, hunderttausend für morgen versprechen. Morgen wäre sie längst über alle Berge! Er blickte gierig. Damit schien er nicht gerechnet zu haben.

„Okay!", stimmte er zu.

Sie lächelte.

„Und jetzt zieh dich aus!", befahl er.

Das Lächeln erstarb schlagartig in ihrem Gesicht. Blitzschnell gingen ihr verschiedene Möglichkeiten durch den Kopf. Eine so unakzeptabel wie die andere. Sie hatte keine zufriedenstellende Wahl. Was er wollte, kam für sie nicht infrage! Da konnte sie ebenso gut sofort handeln und später planen.

Mit diesem Gedanken zog Clara ihr T-Shirt über den Kopf, warf es auf den Boden und trat auf den Mann zu. Während er sprachlos freudig auf ihre Brüste starrte, packte sie ihn mit beiden Händen im Nacken und rammte gleichzeitig mit ungeheurer Wucht ihr Knie zwischen seine Beine. Er krümmte sich vor Schmerz, sie krallte ihre Hände in seine Haare.

Nun war sie voll in ihrer Rolle als Ninja-Girl, für die sie vor drei Jahren einige wenige, aber sehr effektive Nahkampf-Techniken geübt hatte, bis sie sie im Schlaf beherrschte. Während sie seinen Kopf an den Haaren nach unten riss, schnellte ihr Knie erneut nach oben. Nasenbein und Jochbein brachen fast gleichzeitig. Er klappte vollends zusammen, aber sie ließ ihn nicht los, sondern führte seinen Körper in einer Kreisbewegung auf den Boden.

Ihr Knie rammte sich, dem Schwung folgend, mit dem gesamten Körpergewicht in seine Leber. Die unterste Rippe gab dabei knirschend nach. Ihr rechter Ellbogen krachte in einer schwungholenden Kreisbewegung gegen seine Schläfe, während die linke Hand seinen Arm fixierte. Diesmal brach nichts, aber er verlor endgültig das Bewusstsein.

Clara sprang auf, lief in die Küche, holte einen Plastikbeutel aus dem Wandschrank, rannte ins Wohnzimmer zurück. Der Mann kam gerade wieder zu sich und stöhnte laut auf. Die Ferse ihres Turnschuhs schlug seinen Kopf auf die Dielen zurück. Es klang wie ein Trommelschlag, und er verlor erneut das Bewusstsein.

Dann zog sie ihm die Plastiktüte über das Gesicht, presste sie unter dem Kinn zusammen und schaute grimmig zu, wie sein Körper versuchte zu atmen und sich das Plastik dabei nur noch enger um Mund und Nase schloss. Ganz kurz kam sein Bewusstsein zurück. Er starrte ihr durch das durchsichtige Plastik direkt in die eisigen Augen. Das gleiche erstaunte Entsetzen lag in seinem Blick wie bei Gunnar! Es gab noch ein letztes Aufbeben, dann war der Mann tot.

Clara stand auf und wischte sich über die Nase, die angefangen hatte zu laufen. Sie sah Blut auf ihrem Handrücken, aber nicht sehr viel. Irgendwie schien sie bei dem kurzen Kampf etwas abbekommen zu haben. Sie hatte es nicht gemerkt. Sie ging ins Bad, spülte sich kaltes Wasser ins Gesicht und betrachtete sich im Spiegel. Die Nase hatte bereits aufgehört zu bluten. Es war keine Verletzung zu erkennen.

Einige kleine Blutflecken waren auf Hals und Brust gespritzt. Von ihm? Von ihr selbst? Sie wusste es nicht, aber es war ihr auch egal. Sie wusch das Blut ab, rieb sich trocken, kämmte das in Unordnung geratene Haar und ging ins Schlafzimmer, um einen BH anzuziehen.

Zurück im Wohnzimmer, zog sie auch ihr T-Shirt wieder über und blickte sich prüfend um. Die Szene gefiel ihr überhaupt nicht. Die gebrochene Nase des Mannes hatte einen großen Blutfleck auf die Dielen gebracht. Zudem war Blut herumgespritzt. Keine Chance, das alles spurlos zu beseitigen. Aber solange keine Mordermittler ihr Haus durchsuchten, hätte sie eine Chance, dass die Tat unentdeckt blieb.

Clara ging in die Küche, zog sich Handschuhe an und kam mit zwei großen Müllsäcken zurück. Dann leerte sie die Taschen des Toten. Sie musste herausfinden, wo auf Amrum er wohnte, denn die Fotos auf dem Handy waren sicherlich nicht die einzigen. Vielmehr sahen sie so aus, als seien sie mit einem guten Teleobjektiv, also mit einer richtigen Kamera gemacht worden.

Sie fand einen Zettel vom Fahrradverleih. Mit Amrumer Adresse! Das Haus lag direkt neben dem von Karl! Deswegen hatte er sich da hinten auf dem Gelände herumgetrieben. Sie würde später dort einbrechen und nach den Bildern suchen müssen. Als nächstes nahm sie ein Tuch und wischte die Plastiktüte, mit der sie den Mann erstickt hatte, so gut es ging ab. Sie würde sie auf seinem Kopf lassen müssen, um nicht noch weitere Blut- und DNA-Spuren freizusetzen. Sie hoffte, alle Fingerabdrücke erwischt zu haben.

Erst danach zog sie die beiden großen Müllsäcke von oben und unten über die Leiche und umwickelte sie mit Paketband. Schließlich versuchte sie, den Blutfleck wegzuwischen, solange er noch feucht war. Aber das Blut war bereits in das Holz eingedrungen. Sie würde einen Teppich darüberlegen müssen. Später! Erst einmal galt es, den Toten in den Kofferraum zu schaffen, bevor die Leichenstarre einsetzte. Der Mann war kaum schwerer als sie selbst. Daher sollte ihr das wohl gelingen, solange er nicht zu steif war, nahm sie an.

Sie eilte zur Terrassentür, um die Schubkarre aus dem Schuppen zu holen, da wurden draußen Autotüren zuschlagen. Also drehte sie wieder auf dem Absatz um und lief zum Fenster neben der Eingangstür. Polizei! Die beiden Amrumer Polizeiwagen standen fast direkt vor der Tür, dahinter eine Horde von Männern in weißen Schutzanzügen. Clara wusste, sie hatte keine Sekunde mehr zu verlieren und keine Chance, noch irgendetwas zurechtzubiegen. Es half, wenn überhaupt, nur noch die sofortige Flucht durch die Hintertür in die Dünen hinaus. Sie lief Petersen direkt in die Arme.

49

Petersen hatte sich aus einer Vorahnung heraus an der Einfahrt zu Claras Haus absetzen und sich zwei Minuten Vorsprung geben lassen. Er rechnete nicht wirklich mit einer Flucht, aber man konnte nie wissen. Da wollte er ihr – oder wem auch immer – lieber den Weg abschneiden.

Tatsächlich öffnete sich die Terrassentür in genau dem Moment, in dem er sich ihr näherte. Clara Ewalds stürmte auf ihn zu. Ihr Gesicht zeigte zwar Erschrecken bei seinem Anblick, aber sie bremste nicht ab. Stattdessen stürzte sie sich ohne jedes Zögern auf ihn, packte ihn im Nacken und riss ihr Knie hoch. Er ließ es mühelos an seinem Bein vorbeigleiten, wich ihrem Ellbogen aus und stieß ihr die Fingerknöchel in den Solarplexus. Den Moment ihrer Lähmung nutzte er, ihr den Arm im Polizeigriff nach hinten zu drehen und in derselben Bewegung Handschellen anzulegen. Sie war gefesselt, bevor sie sich der Vorgänge überhaupt bewusst wurde.

Petersen übergab seine Gefangene an Hein und Leon, die gerade um die Ecke herum gekommen waren, zog seine Waffe und ging vorsichtig ins Haus. Gut möglich, dass Clara auf der Flucht vor einem Angreifer gewesen war, auch wenn ihre Attacke gegen ihn eher dagegen sprach.

Doch der Anblick, der sich ihm bot, machte sofort deutlich, dass sie vor der Polizei geflohen war und warum. Er lief zur Haustür und öffnete sie für die Spurensicherung, lief zurück zu dem in Plastiksäcke gehüllten Paket in Menschenform, zog Handschuhe an und riss das Plastik dort auf, wo sich ein Kopf abzeichnete. Die erloschenen Augen, die ihm entgegenstarrten, machten deutlich, dass jede Hilfe zu spät kommen würde.

Ein Handy lag unweit der Leiche neben einem Haustürschlüssel und einem Portemonnaie. Es war angeschaltet und nicht passwortgeschützt. Das Bild, das es zeigte, als Petersen den Bildschirm anschaltete, war mehr als er erhofft hatte: Clara und Gunnar am Rand der Grube, die später zu Gunnars Grab geworden war.

Petersen zeigte da Silva das Bild. Dann ging er mit dem Handy zu Clara, die am Streifenwagen lehnte und wütend auf den Boden starrte. Er zeigte ihr das Foto.

Sie nickte. „Ein mieser Erpresser", zischte sie. „Hätte er das Geld genommen und sich verpisst, wäre ich untergetaucht und er hätte weitergelebt. Aber er wollte mich auch noch zum Sex zwingen!" Sie spuckte angewidert auf den Boden.

„Und Peer und Gunnar?", fragte Petersen.

Jetzt lächelte sie wie bei einer angenehmen Erinnerung. „Sie hatten zwei wirklich gute Nebenrollen in diesem Spiel, nicht wahr? Das hat mir viel Spaß gemacht! Die ganzen anderthalb Jahre lang. Wäre diese Ratte da nicht gewesen, hättet ihr mir nie etwas nachweisen können. Pech natürlich, dass ihr Gunnar gefunden habt. Da hätte ich mir für Mara und Christine etwas ganz Neues ausdenken müssen. Er war ja als Sündenbock für ihren Tod eingeplant. Nun hätten sie vielleicht in ein oder zwei Jahren einen ganz normalen tödlichen Unfall haben müssen. Wie langweilig!"

„Sie haben Peer und Gunnar *nur so zum Spaß* umgebracht?", hakte Petersen ungläubig nach.

„Spiel, nicht Spaß", fauchte sie ihn an. „Ihr Tod war Teil des Spiels um Maras Tod. Hätte ich Mara als erstes umgebracht, wäre ich als Alleinerbin doch viel zu verdächtig gewesen! Aber mit der Volvo-Mörder-Inszenierung..."

Petersen sah sie fragend an. Clara zuckte mit den Schultern. „Na, ist jetzt ja egal, die nächsten Akte dieses Stücks sind ohnehin lebenslänglich abgesagt. Sie finden zwei weitere Kotflügel in einem meiner Häuser auf Föhr. Sie liegen in einer Truhe in einem Zimmer, zu dem die Feriengäste keinen Zutritt haben. Einer davon war für Mara bestimmt, der andere einige Zeit später für Christine."

„Die KO-Tropfen für Christine waren also eigentlich für Mara gedacht?", fragte Petersen nach.

„Nein, die galten tatsächlich Christine. Eine wirklich undurchdachte Improvisation mitten im Stück. Nur so aus einer Laune heraus, weil sich die Möglichkeit gerade ergab. Absolut dumm von mir, sie vorzuziehen!"

„Und Mara wollten Sie wegen des Erbes töten?", wollte Petersen noch wissen.

Clara zuckte mit den Schultern: „Irgendein Leitmotiv musste ich dem Stück ja geben. Hass, Neid, Eifersucht und all die anderen Klassiker kamen leider nicht infrage. Dafür ist Mara einfach zu nett, und ihr war von der Familie viel übler mitgespielt worden als mir. Also habe ich mich fürs Geld entschieden."

Petersen schüttelte den Kopf. In seinen nunmehr zwölf Jahren als Mordermittler waren ihm nur selten so sinnlose und gefühllose Mordmotive untergekommen. Hier schien tatsächlich einfach nur des Spiels wegen getötet worden zu sein. Völlig unverständlich für ihn. Er wandte sich ab und gab ein Zeichen, Frau Ewalds abzuführen. Er würde sie morgen in Flensburg verhören und bis dahin auf Amrum eine lückenlose Beweiskette zusammenstellen. Er rief Leif an. Der konnte nun getrost den Personenschutz aufgeben und wieder mitarbeiten.

50

„Eine unglaubliche Geschichte", sagte Redlef Maier fasziniert und biss in sein knuspriges, fleischgefülltes Brötchen. Hark und er hatten sich diesmal zur Fallbesprechung in einem Burger-Restaurant in Flensburg zusammengesetzt.

Clara Ewalds war am Nachmittag dem Haftrichter vorgeführt worden. Eine reine Formsache. Sie war geständig und rechnete nicht damit, mit weniger als lebenslänglich davonzukommen. Tatsächlich hatte sie Petersen beim Verhör in alle Details der Planungen und Taten bis ins Kleinste eingeweiht. Ihre Gedanken waren ihm trotzdem so fremd geblieben, dass er ihre Motivation immer noch nicht nachvollziehen konnte.

Auch Redlef, der die Akten bereits überflogen hatte, verstand Clara nicht. Sie hatte ihr Leben offenbar als eine Aneinanderreihung von Auftritten inszeniert.

„Vielleicht spielt sie die gefühlsträchtigen Rollen so intensiv, weil ihr wahres Ich kaum zu Gefühlen fähig ist", hatte die Polizeipsychologin vermutet. „Der Versuch, lebendig zu sein, obwohl man sich selbst nicht findet!"

Petersen nahm das als mögliche Theorie hin. Er selbst hatte jedenfalls keine bessere dazu.

„Leif will übrigens für immer auf Amrum bleiben", eröffnete Hark dem Freund dann noch. „Er will Christine Olufsen heiraten und fragt, ob wir ihm mit guten Empfehlungen zu einem Wechsel in die Polizeistation Nebel verhelfen können."

„Ist da denn eine Stelle frei?", fragte Redlef verblüfft.

„Hein wird im November zur Polizei Niedersachsen wechseln. Er und seine Frau wollen sich in Jork mehr um die gebrechlich werdenden Eltern kümmern können. Bekommen wir das mit Leif hin?"

Redlef dachte kurz nach und nickte dann versonnen. „Das sollte kein Problem sein. Aber wie geht`s dir denn damit, ihn zu verlieren? Ihr seid so ein tolles Team!"

Hark machte ein säuerliches Gesicht. „Natürlich ist es ein herber Verlust für mich", gestand er ein. „Aber ich kann Leif gut verstehen. Ich werde seinem Glück gewiss nicht im Wege stehen."

Sie saßen eine Weile ruhig da, tranken ihr Bier und ließen die Gedanken schweifen. Dann machten sie Pläne, wie sie Leif am besten nach Amrum bringen könnten. Es würde klappen!

Amrumer Familien-Bande
Hark Petersens erster Fall

Auf einer Sandbank vor Amrum wird das Segelboot von Investor Sven Olufsen entdeckt; er selbst ist verschwunden. Ein Fall für den Husumer Mord- ermittler Hark Petersen? Eigentlich nicht, wären da nicht diese merkwürdigen Spuren: Die Jolle scheint im Meer mit einem Auto kollidiert zu sein. Schon auf dem Weg zur Insel überschlagen sich für Petersen die Ereignisse und lassen keinen Zweifel daran, dass die Mordkommission hier gefragt ist. Immobiliengeschäfte jenseits von Moral, üppige Erbschaften und Erpressung bieten ein breites Geflecht an Motiven. Doch die deutlichsten Spuren führen tief in die Vergangenheit.

Amrumer Zukunfts-Welten
Tod auf dem Bahndamm
Hark Petersens dritter Fall

Wasserstoff statt Dieselantrieb, Elektro- statt Ottomotor: Der Ecofare-Konzern will den Verkehr in Deutschland und Europa revolutionieren. Amrum soll dafür sein Musterbeispiel werden. Als auf dem Hindenburgdamm ein Journalist ums Leben kommt, stellt sich für Kommissar Hark Petersen die Frage, ob der Konzern für seine Umwelt-Ziele auch über Leichen geht. Während die Freunde Hochzeit feiern und Amrum bei herrlichstem Wetter genießen, muss Petersen seinen Kurzurlaub immer wieder für Ermittlungen unterbrechen und gerät dabei mehr als einmal in Bedrängnis. Er hat gefährliche Gegenspieler, deren wahre Motive nur ganz langsam ans Licht kommen.

Zeitfracht Medien GmbH
Ferdinand-Jühlke-Straße 7
99095 Erfurt, Deutschland
produktsicherheit@kolibri360.de